JAMES BLISH

Raumschiff Enterprise 1

Der unwirkliche McCoy

*Von **STAR TREK**® sind im Goldmann Verlag folgende Originalabenteuer erschienen:*

Raumschiff Enterprise **1**: Der unwirkliche McCoy (23730)
Raumschiff Enterprise **2**: Strafplanet Tantalus (23731)
Raumschiff Enterprise **3**: Spock läuft Amok (23732)
Raumschiff Enterprise **4**: Das Silikonmonster (23733)
Raumschiff Enterprise **5**: Der Asylplanet (23734)
Raumschiff Enterprise **6**: Die Lichter von Zhetar (23735)
Raumschiff Enterprise **7**: Das Paradies-Syndrom (23737)
Raumschiff Enterprise **8**: Der Doppelgänger (23738)
Raumschiff Enterprise **9**: Rückkehr zum Morgen (23739)
Raumschiff Enterprise **10**: Ein kleiner Privatkrieg (23740)
Raumschiff Enterprise **11**: Der Tag der Taube (23741)
Raumschiff Enterprise **12**: Spock muß sterben! (23742)
Raumschiff Enterprise **13**: Jenseits der Sterne (23600)
Raumschiff Enterprise **14**: Klingonen-Gambit (23601)
Raumschiff Enterprise **15**: Galaxis in Gefahr (23602)
Raumschiff Enterprise **16**: Die falschen Engel (23603)
Raumschiff Enterprise **17**: Spock, Messias! (23619)
Raumschiff Enterprise **18**: Wie Phoenix aus der Asche (23620)
Raumschiff Enterprise **19**: Der Teufelsplanet (23627)
Raumschiff Enterprise **20**: Gefangene des Wahnsinns (23616)
Raumschiff Enterprise **21**: Welt ohne Ende (23613)
Raumschiff Enterprise **22**: Das Phoenix-Verfahren (23614)
Raumschiff Enterprise **23**: Planet der blauen Blumen (23615)
Raumschiff Enterprise **24**: Grenze zur Unendlichkeit (23617)
Raumschiff Enterprise **25**: Die Expertin (23618)
Raumschiff Enterprise **26**: Zwischen den Welten (23621)
Raumschiff Enterprise **27**: Welt ohne Sterne (23650)
Raumschiff Enterprise **28**: Perrys Planet (23651)

Einzelne Bände sind derzeit vergriffen.

JAMES BLISH

RAUMSCHIFF ENTERPRISE

DER UNWIRKLICHE McCOY

1

Aus dem Amerikanischen übertragen
von Janis Kumbulis
Bearbeitet von Hermann Urbanek

GOLDMANN

Die amerikanische Originalausgabe
erschien unter dem Titel »STAR TREK® 1«
bei Bantam Books, New York

Umwelthinweis:
Alle bedruckten Materialien dieses Taschenbuches
sind chlorfrei und umweltschonend.
Das Papier enthält Recycling-Anteile.

Der Goldmann Verlag
ist ein Unternehmen der Verlagsgruppe Bertelsmann

Genehmigte Taschenbuchausgabe

Published by arrangement with Bantam Books, Inc., New York,
under exclusive license from Paramount Pictures Corporation,
the trademark owner.
Adapted by James Blish, based on the television series
created by Gene Roddenberry

Eine frühere Ausgabe erschien unter dem Titel »Enterprise 1« 1972
im Williams Verlag GmbH, Alsdorf
Umschlaggestaltung: Design Team München
Umschlagillustration: Agt. Schlück/Berni
Satz: IBV Satz- und Datentechnik GmbH, Berlin
Druck: Elsnerdruck, Berlin
Verlagsnummer: 23730
V. B. Herstellung: Peter Papenbrok
Printed in Germany
ISBN 3-442-23730-0

7 9 10 8 6

Inhalt

[1] TV-Titel: Der Fall Charlie

Charlie

Obwohl Kirk, Captain James Kirk, Kommandant des Raumschiffs *Enterprise* – Besatzung vierhundert Offiziere und Mannschaften plus eine kleine Anzahl ständig wechselnder Passagiere – schon gut zwanzig reichlich aufregende Dienstjahre im Weltraum auf dem Buckel hatte, so war er doch felsenfest davon überzeugt, daß ihm noch nie ein Passagier so viel zu schaffen gemacht hatte wie Charlie, ein siebzehn Jahre alter Junge.

Das Patrouillenraumschiff *Antares* hatte Charles Evans auf dem Planeten Thasus aufgelesen. Er war beim Absturz des Forschungsschiffs seiner Eltern als einziger mit dem Leben davongekommen und hatte in der Folgezeit vierzehn Jahre lang ein regelrechtes Robinson-Dasein geführt. Da die *Antares* nur etwa ein Zehntel so groß war wie die *Enterprise* und keine Passagiere an Bord nahm, wurde er so schnell wie möglich auf Kirks Schiff gebracht. Außer seinen völlig abgerissenen Kleidern und ein paar Habseligkeiten in einem Seesack hatte er nichts bei sich.

Die Offiziere der *Antares*, die ihn an Bord der *Enterprise* brachten, konnten sich gar nicht genug tun, Charlies Intelligenz, seinen Lerneifer und seine intuitive technische Begabung zu loben – »Er könnte die *Antares* ganz allein steuern, wenn er es müßte« –, ganz abgesehen von seinem sanften Gemüt. Etwas kam Kirk dabei merkwürdig vor, vor allem, daß jeder beim Aufzählen von Charlies Ruhmestaten den anderen zu überbieten versuchte und daß sie allesamt, als sie damit fertig waren, Kirks Schiff in einer Eile verließen, die eigentlich nicht ganz üblich war unter Raumfahrern. Nicht einmal eine Flasche Brandy versuchten sie zu schnorren.

Natürlich konnte jeder sehen, wie Charlie seine neue Umgebung sofort mit äußerstem Interesse musterte. Ich meine, er war zwar trotzdem etwas zurückhaltend, um nicht zu sagen furchtsam, aber das war ja nicht weiter verwunderlich, wenn man bedenkt, wie lange er ohne jede menschliche Gesellschaft hatte leben müssen. Kirk gab Bootsmann Rand den Auftrag, ihn zu seiner Kabine zu bringen. Dabei fiel es Charlie ein, eine Frage zu stellen, die sie alle verblüffte. Er fragte Kirk ganz unschuldig: »Ist das ein Mädchen?«

Leonard McCoy, der Arzt der *Enterprise,* untersuchte Charlie auf Herz und Nieren und fand nicht das geringste an ihm auszusetzen: keine Spur von Unterernährung, keine Anzeichen außergewöhnlicher Strapazen, nichts, anscheinend ein ganz normal aufgewachsener Junge. Und das war doch bemerkenswert für jemanden, der sich von einem Alter von drei Jahren an in einer fremden Welt behaupten mußte. Andererseits lag es ja auf der Hand, anzunehmen, daß Charlie vierzehn Jahre später entweder tot war oder in bester Verfassung. Wahrscheinlich war er schon in den ersten paar Jahren auf dem fremden Planeten mit seiner neuen Umwelt zurechtgekommen.

Charlie selbst war mit Auskünften über diesen Abschnitt seines Lebens ziemlich geizig – eigentlich stellte nur er die Fragen. Er schien allen Ernstes nur wissen zu wollen, wie er sich hier an Bord richtig verhielt, wie er sich den anderen gegenüber benehmen sollte, und vor allem, wie er es anstellen mußte, um von allen gemocht zu werden.

Manche Fragen, die McCoy vorsichtig stellte, schienen ihm sichtlich unangenehm zu sein.

Nein, außer ihm hatte niemand den Absturz überlebt. Woher er so gut Englisch konnte? Nun, die Computer und Datenspeicher waren wie durch ein Wunder intakt geblieben, und mit ihnen hatte er sich immer wieder unterhalten. Die Thasianer hatten ihm nicht geholfen – es gab sie nämlich gar nicht. Zuerst hatte er die Vorräte auf dem Schiff gegessen und dann... dann hatte er etwas anderes gefunden.

Und dann wollte Charlie den Bordcodex kennenlernen. Er sagte, auf der *Antares* hätte er nicht immer das richtige gesagt oder getan, und dann wurden die Leute böse und er auch. Und denselben Fehler wollte er nicht noch einmal machen.

»Das kann ich gut verstehen, Charlie«, sagte McCoy.

»Aber du darfst nicht gleich alles überstürzen. Halt mal zuerst die Augen offen, und wenn du dir nicht sicher bist, dann lächle und sag gar nichts. Das klappt meistens ganz gut.«

McCoy grinste, und Charlie tat dasselbe. Als ihn McCoy gehen ließ, gab er ihm einen kräftigen Klaps auf den Rücken. Anscheinend hatte das noch niemand mit Charlie gemacht – so überrascht war er.

Auf der Kommandobrücke unterhielt sich McCoy mit Kirk und Mr. Spock, dem zweiten Kommandanten, über das »Problem« Charlie. Auch Bootsmann Rand war oben und stellte gerade den neuen Dienstplan auf. Sie wollte sich höflich zurückziehen, aber Kirk bat sie zu bleiben. Schließlich hatte sie genausoviel mit Charlie zu tun gehabt wie alle anderen auch. Und Kirk gefiel sie einfach, und es machte ihm Spaß zu wissen, daß sie keine Ahnung davon hatte.

McCoy sagte eben: »Es gibt eine Fülle von Beispielen auf unserer Erde, daß kleine Kinder es fertiggebracht haben, allein in der Wildnis zu überleben.«

»Einige von Ihren Märchen kenne ich«, sagte Spock. Er stammte übrigens von einem nichtsolaren Planeten, der verwirrenderweise den Namen Vulkan trug. »Es mußten allerdings nur zufällig immer ein paar Wölfe in der Nähe gewesen sein, daß die Kleinen überleben konnten.«

»Aus welchem Grund hätte er lügen sollen, wenn es tatsächlich Thasianer gegeben hätte?«

»Immerhin ist es wahrscheinlich, daß es einmal welche gegeben hat, vielleicht vor ein paar tausend Jahren«, sagte Spock. »Bei den ersten Erkundungen auf dem Planeten stieß man auf Relikte, die alles andere als primitiv waren. Und seit wenigstens drei Millionen Jahren haben sich die Lebensbedingungen auf dem Planeten kaum geändert. Also könnte man durchaus annehmen...«

»Charlie sagt, es gibt keine«, sagte Kirk.

»Allein sein Überleben wäre Gegenbeweis genug. Ich habe unsere Datenspeicher über Thasus abgefragt. Viel ist es zwar nicht, was dort steht, aber eins ist sicher – es gibt keine eßbare Pflanze auf Thasus. Irgendeine Hilfe muß er gehabt haben.«

»Ich finde, ein bißchen mehr Glauben könnten wir seinen Angaben schon schenken«, meinte McCoy.

»Gut«, sagte Kirk, »gehen wir vorläufig von Ihrer Annahme aus, Mr. Spock. Sie arbeiten eine Art von Trainingsprogramm für unseren jungen Freund aus. Stellen Sie etwas zusammen, womit er sich beschäftigen kann. Sagen Sie ihm, wohin er gehen kann, usw. Hauptsache, wir können ihn so lange beschäftigen, bis wir zur Kolonie Fünf kommen. Dort werden sich erfahrene Pädagogen seiner annehmen. Bis dahin wird er an Bord nicht viel anstellen können... Bootsmann Rand, was halten Sie übrigens von unserem Sorgenkind?«

»Hmm – nun ja, glauben Sie bitte nicht, daß ich in irgendeiner Weise voreingenommen bin, ich wollte es eigentlich gar nicht sagen, aber... gestern, ich ging gerade einen Korridor entlang, da folgte er mir und schenkte mir ein Fläschchen Parfüm. Noch dazu meine Lieblingsmarke. Ich weiß nicht, woher er die kannte. Außerdem weiß ich ganz genau, daß sie nirgendwo auf dem ganzen Schiff zu haben ist.«

»Hmm... Merkwürdig.«

»Das sagte ich ihm auch und fragte ihn, wo, um Himmels willen, er denn das her hätte, aber alles, was ich zur Antwort erhielt, war ein... ziemlich kräftiger Klaps auf die Schulter. Und seitdem versuche ich möglichst dort zu sein, wo er nicht ist.«

Der Lachanfall, den die anderen daraufhin erlitten, dauerte glücklicherweise nicht sehr lange. Er war auch mehr auf Ungläubigkeit als auf Überraschung zurückzuführen.

»Sonst noch was?« fragte Kirk.

»Nichts besonderes, aber wußten Sie, daß er Kartentricks kann?«

»Wo hätte er denn das lernen sollen?« fragte Spock.

»Ich weiß es nicht, aber er ist ganz große Klasse. Ich war gerade im Aufenthaltsraum und legte eine Patience, als er hereinkam. Leutnant Uhura saß am Harmonium und spielte ›Charlie is my darling‹ und sang dazu. Er meinte wohl zuerst, sie machte sich über ihn lustig, aber als er merkte, daß sie es nicht persönlich meinte, kam er zu mir herüber und sah mir zu. Er schien es gar nicht glauben zu wollen, daß mir die Patience nicht aufging. Also machte er es für mich – ohne auch nur die Karten zu berühren, das schwöre ich. Als er meine Überraschung sah, nahm er die Karten in die Hand und zeigte mir noch eine Reihe anderer Tricks, und verdammt gute. Einer der Männer auf der *Antares* hätte sie ihm gezeigt, sagte er. Ich habe noch nie jemanden gesehen, der die Karten so gut von einer Hand in die andere springen lassen konnte. Und meine Bewunderung schien er sichtlich zu genießen. Aber ich wollte ihn nicht noch mehr ermuntern, nicht nach diesem fürchterlichen Hieb auf die Schulter.«

»Ich fürchte fast, diesen Trick hat er von mir«, lachte McCoy.

»Ziemlich sicher sogar«, sagte Kirk, »aber ich glaube, ich werde besser selbst mal mit ihm reden.«

»Hm, so eine Vaterschaft steht dir ganz gut zu Gesicht, Jim«, sagte McCoy und grinste.

»Sprich dich nur aus, Pille. Ich will ihm nur die Zügel nicht allzu locker lassen.«

Charlie sprang vom Stuhl auf, als Kirk noch gar nicht ganz zur Tür herein war; Finger, Ellenbogen, Knie, alles schien vor lauter »Haltung« am falschen Platz zu sein. Und kaum, daß Kirk ihm zugenickt hatte, platzte Charlie schon los: »Ich habe überhaupt nichts gemacht!«

»Aber Charlie, beruhige dich doch! Ich wollte ja nur fragen, wie du zurechtkommst.«

»Gut. Ich... ich nehme an, ich soll Sie fragen, warum ich nicht... ich weiß nicht, wie ich mich ausdrücken soll.«

»Nur ruhig, Charlie, sag's, wie es dir einfällt, ganz einfach. Das ist meistens das beste.«

»Also, im Korridor..., da sprach ich mit..., als Janice... als Bootsmann Rand...« Völlig unerwartet spannte sich plötzlich sein Gesicht, er machte einen Schritt vorwärts und hieb Kirk auf die Schulter, daß er sich hinsetzte. »Das hab' ich gemacht, und es hat ihr nicht gefallen. Sie meinte, Sie würden es mir erklären.«

»Also«, sagte Kirk und versuchte mühsam ein Lächeln zu verbergen, »es gibt da so ein paar Sachen, die kann man mit einer Dame schon machen. Und es gibt ein paar andere, die kann man mit einer Dame eben nicht machen. Äh, die Sache ist die, es gibt wohl keinen vernünftigen Grund, einer Dame auf die Schulter zu hauen. Von Mann zu Mann, das ist was anderes. Aber von Mann zu Frau, verstehst du?«

»Ich weiß nicht, ich glaube schon.«

»Auch wenn du es nicht glaubst, mußt du dich vorläufig mit dieser Erklärung zufriedengeben. Übrigens, Charlie, ich lasse für dich gerade eine Art Stundenplan aufstellen. Lauter Dinge, die du tun wirst und die dir helfen werden, alles das zu verstehen, was du nicht lernen konntest, als du allein auf Thasus warst.«

»Oh, das ist nett von Ihnen, daß Sie das für mich tun wollen.« Seine Freude darüber war wirklich aufrichtig.

»Sie mögen mich also?«

Die so offen und nüchtern gestellte Frage verschlug Kirk einen Moment lang die Sprache. »... Ich weiß nicht«, sagte er genauso nüchtern. »Es dauert immer eine gewisse Zeit, bis man einen Menschen kennengelernt hat und weiß, ob man ihn mag oder nicht. Du mußt beobachten, was er tut, du mußt versuchen, ihn zu verstehen. Das geht nicht alles auf einmal.«

»Oh«, sagte Charlie nur.

»Captain Kirk«, Leutnant Uhuras Stimme schallte durch die Bordsprechanlage.

»Einen Augenblick, Charlie, ... hier Kirk.«

»Captain Ramart von der *Antares* ist auf Kanal D. Er sagt, er muß Sie sofort sprechen.«

»In Ordnung. Ich komme auf die Brücke.«

»Kann ich auch mitkommen?«

»Das wird nicht gehen, Charlie. Das ist eine reine Schiffsangelegenheit.«

»Ich werde bestimmt nicht stören. Ich werde mich ganz abseits halten.«

Das Verlangen des Jungen nach menschlicher Gesellschaft war für Kirk einfach ergreifend. Daß er dieses Ziel so unbeirrt und aufdringlich verfolgte, war eigentlich nur verständlich. Hier mußten viele einsame Jahre wiedergutgemacht werden.

»Also gut. Aber nur, weil ich es dir erlaube. Einverstanden?«

»Einverstanden«, sagte Charlie eifrig, und wie ein junger Hund folgte er Kirk durch den Korridor.

Auf der Brücke saß Leutnant Uhura vor dem Mikrophon; mit der gespannten Konzentration auf ihrem Bantugesicht sah sie noch mehr den ernsten kultischen Statuen ihres Stammes ähnlich.

»Hallo, *Antares*! Könnt ihr eure Sendeleistung nicht verstärken? Wir können euch hier kaum verstehen.«

»*Enterprise,* wir sind auf vollem Output«, Ramarts Stimme klang sehr weit weg und verzerrt.

»Ich muß sofort Captain Kirk sprechen.«

Kirk nahm das Mikrophon, »Captain Ramart, hier Kirk.«

»Gott sei Dank, Captain. Wir können die Verbindung fast nicht mehr halten, aber ich muß Sie warn...«

Seine Stimme brach ab. Aus dem Lautsprecher kam nur noch das Rauschen des statischen stellaren Feldes – nicht einmal die Trägerfrequenz kam durch.

»Sehen Sie zu, daß Sie sie wieder einfangen«, sagte Kirk.

»Nichts mehr einzufangen, Captain«, sagte Uhura verwirrt. »Sie senden nicht mehr.«

»Halten Sie auf jeden Fall den Kanal frei.«

Hinter Kirks Rücken sagte Charlie ganz ruhig: »Es war schon ein altes Schiff. Und nicht sehr gut gebaut.«

Kirk warf ihm einen kurzen erstaunten Blick zu und wandte sich sofort zu Spocks Pult.

»Mr. Spock, suchen Sie das Sendegebiet mit unserem Radar ab.«

»Hab' ich schon«, sagte Spock sofort, »vollkommene Dispersion. Für diese Entfernung sogar ungewöhnlich gleichmäßig.«

Kirk drehte sich wieder nach dem Jungen um. »Was ist geschehen, Charlie? Du weißt doch etwas!«

Charlie sah ihm in die Augen, trotzig, und er schien sich nicht sehr wohl zu fühlen. »Ich weiß nichts«, sagte er.

»Das Gebiet dehnt sich aus«, sagte Spock. »An den Rändern habe ich ein paar schwache Echos. Zweifellos Trümmer von Materie.«

»Und die *Antares*?«

»Captain Kirk, das ist die *Antares*, oder vielmehr, das war sie«, sagte Spock ruhig. »Es gibt keine andere Deutung dafür. Sie ist explodiert.«

Kirk ließ Charlie nicht aus den Augen. Und Charlie wich seinem Blick nicht aus.

»Es tut mir leid, daß sie explodiert ist.« Er schien sich zwar nicht ganz wohl in seiner Haut zu fühlen, aber das war auch alles. »Es macht mir gar nichts aus, daß die jetzt weg sind. Sie waren nicht sehr nett zu mir. Keiner hat mich leiden können. Das können Sie mir glauben, wenn ich es sage.«

Die Stille auf der Kommandobrücke war lang und schrecklich. Schließlich öffnete Kirk langsam und vorsichtig seine verkrampften Fäuste.

»Charlie«, sagte er, »was du dir als allererstes einmal abgewöhnen mußt, ist deine dreimal verdammte Kaltschnäuzigkeit oder Egozentrik, oder was immer es ist. Wenn du das nicht schaffst oder es nicht wenigstens unter Kontrolle bringst, wirst du immer ein Ungeheuer bleiben.«

Er hätte seinem Herzen zwar gern noch etwas mehr Luft machen wollen, aber was jetzt kam, hatte er nicht erwartet, nach allem, was vorgefallen war – Charlie weinte.

»Was hat er?« Kirk blickte von seinem Arbeitstisch zu Bootsmann Rand auf. Sie war sehr verlegen, aber entschlossen, nichts zu verheimlichen.

»Er hat mir einen Antrag gemacht«, sagte sie. »Keinen formellen Antrag oder so was Ähnliches, nein, er hat ziemlich lang daran herumgestottert – er will mich.«

»Bootsmann, er ist siebzehn Jahre alt.«

»Genau«, sagte das Mädchen.

»Und das nur, weil er Ihnen einen Klaps gegeben hat?«

»Nein, Sir…, es ist…, wie er gesagt hat, Captain. Ich habe seine Augen gesehen. Ich bin keine siebzehn mehr. Wenn jetzt nichts geschieht, werde ich ihn mir früher oder später selbst vom Leib halten müssen. Und wenn ich ihm dann auf die Schulter haue, wird das kein Spaß sein. Das wäre auch nicht gut für ihn. Ich bin nun mal seine ›erste Liebe‹, seine erste ›Zerstörung‹, die erste Frau, die er in seinem Leben gesehen hat…« Sie holte tief Luft.

»Captain, das ist eine verdammt schwere Aufgabe für jeden, dem sie in die Hände fällt. Selbst wenn man sie schrittweise zu lösen versucht. Alles auf einmal ist fast Mord. Und er kennt noch nicht einmal die gängigen Floskeln. Ich müßte ihn auf eine Weise abweisen, die er nicht verstehen würde. Und das kann Schwierigkeiten verursachen. Verstehen Sie, Captain, können Sie mir folgen?«

»Ich glaube schon, Bootsmann Rand«, sagte Kirk, obwohl er nicht gerade geneigt war, die ganze Angelegenheit so ernst zu nehmen. »Ich habe zwar nicht angenommen, daß ich in meinem Alter noch einmal jemandem die Sache mit den Bienen, den Blumen und den Vögeln erklären muß…, aber ich lasse ihn sofort zu mir kommen.«

»Vielen Dank, Sir.« Kirk läutete nach Charlie. Er kam sofort, als ob er darauf gewartet hätte.

»Komm herein, Charlie, setz dich hin!«

Charlie trat näher und nahm in dem Sessel vor Kirks Tisch Platz – fast, als ob er sich in eine Bärenfalle setzen würde. Und wie schon beim ersten Mal, so nahm er auch jetzt Kirk das Wort aus dem Mund.

»Janice«, sagte er, »...Bootsmann Rand, um sie geht es doch, oder?«

Verdammt, ist dieses Küken schnell, dachte Kirk. »Sicher, um sie geht es auch. Aber Charlie, es geht eigentlich mehr um dich.«

»Ich werde sie nie mehr so berühren..., auf die Schulter hauen. Ich hab's versprochen.«

»Das ist es ja nicht nur, Charlie«, sagte Kirk. »Du mußt noch ein paar andere Dinge lernen.«

»Alles, was ich sage oder tue, ist falsch.« Charlie war ganz verzweifelt. »Ich bin überall im Weg. Dr. McCoy will mir die Regeln nicht zeigen. Ich weiß nicht, was ich bin – oder was ich eigentlich sein soll, noch nicht einmal, wer ich bin. – Und ich weiß nicht, warum es die ganze Zeit hier drinnen so weh tut...«

»Aber ich weiß es, und du wirst deswegen trotzdem nicht sterben. Dir fehlt nicht mehr und nicht weniger, als was jedes menschliche Wesen, und zwar seitdem dieses Modell auf dem Markt ist, einmal oder öfter in seinem Leben durchmachen muß. Da gibt's kein Drüberweg, Charlie, und kein Drumherum, da mußt du mitten durch.«

»Aber es ist, als ob mein Innerstes nach außen gedreht wäre. So laufe ich die ganze Zeit zusammengekrümmt herum. Janice – Bootsmann Rand – will mir jemand anderen als Aufsicht zuteilen, Bootsmann Lawton. Aber sie ist, sie ist... sie riecht nicht mal wie ein Mädchen. Auf dem ganzen Schiff gibt es niemanden wie Janice. Und ich will auch niemand anderen!«

»Das ist ganz normal, Charlie«, sagte Kirk sanft. »Hör zu, Charlie. Im ganzen Universum gibt es Millionen Dinge, die du ohne weiteres haben kannst. Und ein paar hundert Millionen Dinge, die du nicht haben kannst. Das einmal kapieren zu müssen, macht sicher keinen Spaß, aber du mußt es. Etwas anderes gibt es nicht.«

»Aber ich mag nicht«, sagte Charlie, als ob das alles erklären würde.

»Aber ich tadle dich doch nicht, Charlie! Versteh mich nicht falsch. Du mußt jetzt nur dranbleiben und sehen, wie du durchkommst. – Da fällt mir ein, der nächste Punkt auf deinem Stundenplan ist doch waffenlose Verteidigung. Komm, wir gehen in den Trainingsraum und fangen mal damit an. Vor ein paar Jahrhunderten, im alten viktorianischen England, da hatten sie so einen Spruch – der hieß, warte mal –, ja, schwere körperliche Übungen halten einen Mann davon ab, an Frauen zu denken. Ich selbst habe es zwar nie ausprobiert, aber ich glaube, einen Versuch ist es schon wert.«

Charlie stellte sich unwahrscheinlich schwerfällig an, aber das tut wohl jeder Anfänger. Offizier Sam Ellis vom Stab Dr. McCoys, und wie Kirk und Charlie in einfacher Arbeitskleidung, hatte sehr viel Geduld.

»Das ist schon besser. Wenn du fällst, dann schlag zuerst mit der Hand auf die Matte, Charlie. Das fängt den Fall etwas auf. Jetzt nochmal!«

Ellis machte es ihm vor. Er ließ sich steif auf die Matte fallen, schlug mit der flachen Hand darauf, und nach einer blitzschnellen Schulterrolle stand er wieder auf den Beinen, als ob nichts geschehen wäre.

»So ungefähr«, sagte er.

»Ich glaube, das werde ich nie lernen«, sagte Charlie.

»Aber sicher«, sagte Kirk, »du mußt es nur versuchen.«

Charlie ließ sich fallen und stürzte fürchterlich auf die Nase. Er hatte erst im allerletzten Moment auf die Matte geschlagen, so daß der Schlag mit der Hand und der dumpfe Aufprall seines Körpers gleichzeitig erfolgten.

»Das ist schon etwas besser«, sagte Kirk. »Alles braucht seine Übung. Noch einmal.«

Jetzt war es schon viel besser. »Ja, genau so. Okay Sam, jetzt zeig ihm mal die Schulterrolle.«

Ellis warf sich auf die Matte und war im Nu wieder auf den Beinen, sauber und sichtlich ohne Anstrengung.

»Das will ich aber nicht machen«, sagte Charlie.

»Das gehört aber dazu. Es ist nicht schwer – schau her!«

Kirk machte es ihm selbst vor. »Jetzt versuch du es.«

»Nein, ihr wolltet mich doch kämpfen lehren. Warum soll ich da am Boden herumkugeln.«

»Das schon, aber zuvor mußt du lernen, hinzufallen ohne dir weh zu tun. Sam, vielleicht zeigen wir es ihm besser, damit er weiß, worum es geht. Nur ein paar einfache Würfe.«

»Sicher, Jim.« Die beiden setzten ihre Griffe an, und Ellis, der natürlich etwas besser trainiert war, ließ sich von Kirk über die Schulter werfen. Er war aber schneller auf den Beinen als Kirk, und diesmal ließ er den Captain steigen, wie man einen Pokerchip mit dem Fingernagel wegschnellt. Kirk schaffte seine Rolle und stand wieder auf den Beinen. Er war froh, daß er die Übung noch schaffte.

»Gesehen, was ich meinte?« sagte Kirk schnaufend.

»Schon, sieht gar nicht mal so schwer aus.«

Charlie stieg auf die Matte und versuchte denselben Griff, den er bei Ellis gesehen hatte, auch bei Kirk. Er war schon kräftig, aber er hatte nicht den richtigen Stand. Kirk packte ihn und warf ihn auf die Matte. Nicht mal besonders hart, aber Charlie vergaß, vorher mit der Hand draufzuschlagen. Er rappelte sich wieder auf und starrte Kirk an – er glühte vor Zorn.

»Also so geht das nicht«, sagte Ellis und grinste. »Das wirst du schon noch ein paarmal üben müssen, Charlie.«

Charlie wirbelte zu ihm herum und sagte leise, aber sehr nachdrücklich: »Lachen Sie nicht über mich!«

Ellis streckte lachend und versöhnlich die Hand aus, aber genau eine Sekunde später gab es einen Knall, als ob die größte Glühbirne der Welt explodiert wäre – und Ellis war weg.

Kirk starrte fassungslos auf die Stelle, wo Ellis eben noch gestanden hatte.

Auch Charlie stand seltsam da, wirkte wie versteinert. Dann ging er zögernd zur Tür.

»Moment mal«, sagte Kirk. Charlie blieb stehen, aber er sah Kirk nicht an.

»Er hätte nicht über mich lachen sollen. Das ist nicht schön. Niemand sollte einen anderen auslachen. Und ich hab' mir wirklich Mühe gegeben.«

»Soviel auch wieder nicht. Aber das ist jetzt nicht wichtig. Was ist da eben passiert. Was hast du mit Ellis gemacht?«

»Er ist weg.«

»Das ist keine Antwort, das sehe ich selbst.«

»Er ist weg. Mehr weiß ich selbst nicht. Ich wollte es nicht. Er ist schuld daran. Er hat mich ausgelacht.«

...Und angenommen, Janice würde sich seiner erwehren müssen, und... die Explosion der *Antares*... Kirk ging zur nächsten Bordsprechanlage. Charlie ließ ihn nicht aus den Augen.

»Hier Captain Kirk, Trainingsraum. Schicken Sie zwei Wachen her. Sie sollen sich beeilen.«

»Was haben Sie mit mir vor?« fragte Charlie.

»Du wirst jetzt in deine Kabine gehen. Und ich möchte, daß du dort bleibst.«

»Ich werde nicht zulassen, daß sie mich anrühren«, sagte Charlie leise. »Ich werde auch sie verschwinden lassen.«

»Sie werden dir nichts tun.«

Charlie sagte nichts, aber er sah aus wie ein Leopard, der sich im nächsten Moment in seiner Verzweiflung auf seinen Dompteur stürzen will. Die Tür ging auf, und die zwei Wachen kamen herein. Beide hatten Phaser im Halfter. Sie blieben stehen und sahen Kirk erwartungsvoll an.

»Charlie, du gehst jetzt mit ihnen. Wir werden uns später unterhalten. Ich glaube, wir müssen uns beide etwas abkühlen. Du wirst mir ziemlich viel erklären müssen.« Kirk nickte mit dem Kopf zu Charlie hin, und die beiden Wachen ergriffen ihn an den Armen.

Zumindest versuchten sie es. Kirk war sicher, daß sie ihn noch nicht einmal berührt hatten. Einer von den beiden taumelte zurück, der andere prallte wie von einem fürchterlichen Faustschlag getroffen gegen eine Wand. Immerhin gelang es ihm, sich auf den Beinen zu halten, und er riß seinen Phaser aus dem Halfter.

»Nein«, schrie Kirk.

Aber es war schon zu spät. Als er sie in Anschlag bringen wollte, hatte er keine mehr in der Hand. Sie war fort – so wie Sam. Charlie sah nur Kirk an. Seine Augen waren winzige Schlitze und glühten drohend.

»Charlie«, sagte Kirk heiser, »treib es nicht zu weit. Geh in die

Kabine zurück.«

»Nein.«

»Geh mit den beiden Wachen, oder ich selbst werde dich dorthin tragen.« Und er ging auf ihn zu. »Du hast keine andere Wahl, Charlie. Entweder tust du das, was ich dir sage, oder du schickst mich auch dorthin, wohin du Sam und den Phaser geschickt hast.«

»Schon gut«, sagte Charlie. »Aber sagen Sie ihnen, sie sollen die Hände von mir lassen.«

»Sie werden dir nichts tun. Nicht, wenn du das tust, was ich dir sage.«

Kirk ließ sofort alle Offiziere zu einer Lagebesprechung auf der Kommandobrücke zusammenkommen. Aber Charlie war auch nicht untätig. Auf dem ganzen Schiff gab es keinen einzigen Handphaser mehr. Charlie hatte sie alle »verschwinden« lassen. Kirk sagte ihnen allen, was in den letzten Stunden passiert war, mit kurzen Worten und ziemlich grimmig.

»Nach diesen Vorfällen können wir also jetzt annehmen«, sagte McCoy, »daß Charlie auf Thasus überhaupt keine Hilfe gebraucht hat. Er hat sich all das, was er brauchte, einfach herbeigezaubert.«

»Nicht unbedingt«, sagte Spock. »Wir wissen nur, daß er Sachen verschwinden lassen kann – aber nicht, daß er sie auch wieder auftauchen lassen kann. Zugegeben, das erstere allein wäre schon eine große Hilfe für ihn gewesen.«

»Wie sieht es aus?« fragte Kirk. »Könnte er ein Thasianer sein? Oder wenigstens ein nichtmenschliches Wesen?«

»Möglich ist es schon«, sagte McCoy. »Aber ich würde es doch ausschließen. Ich hab' ihn doch schließlich untersucht, bis zu seinem letzten Blutkörperchen. Natürlich, ich könnte etwas übersehen haben, aber er war an den Computer angeschlossen, und der hätte allein fünfzehn verschiedene akustische Signale gegeben, wenn irgend etwas nicht gestimmt hätte.«

»Auf jeden Fall ist das, was er vermag, nicht menschlich«, sagte Spock. »Durchaus möglich, daß er auch die *Antares* auf dem Gewissen hat. Über eine enorme Entfernung hinweg – weiter als unsere Phaserkanonen reichen.«

»Prächtig«, sagte McCoy. »Und wie wollen wir ihn unter diesen Umständen einigermaßen unter Kontrolle halten?«

»Um das geht es nicht in erster Linie. Aber wir können ihn nicht zur Kolonie Fünf bringen. Stellen Sie sich vor, was er in einer normalen Umwelt alles anstellen könnte, in einer Gemeinschaft, die nicht so straff organisiert ist wie wir hier.«

Sicher, daran hatte McCoy nicht gedacht. Kirk fing an, nachdenklich auf der Brücke auf und ab zu gehen.

»Charlie ist ein heranwachsender junger Mann – vielleicht sogar ein Mensch. Aber er hat überhaupt keine Erfahrung im Umgang mit anderen Menschen. Er ist dauernd am Überkochen. Er will zuviel – und es ist nicht alles so, wie er es will. Er hat alle Probleme, die ein normaler Heranwachsender auch hat. Man soll ihn lieben, und er will für die Gesellschaft nützlich sein. Ich erinnere mich, als ich in seinem Alter war, hätte ich auch gern dieses oder jenes einfach verschwinden lassen, einfach so, ohne daß irgend jemand etwas gemerkt hätte. In diesem Alter haben die meisten Jungen solche Vorstellungen. Nur bei Charlie sind es nicht nur Vorstellungen oder Wünsche, sondern er kann sie auch in die Tat umsetzen. Also anders gesagt, Gentlemen, wenn wir nicht auch so – plop! – ›verschwinden‹ wollen, dann müssen wir genau das tun, was er von uns will.«

»Das ist ziemlich relativ, Captain«, sagte Spock. »Das hängt eigentlich nur davon ab, wie Charlie sich von Minute zu Minute fühlt. Und weil wir ihn sowieso nicht genau kennen, können wir überhaupt nicht sagen, da wird er jetzt hochgehen und da nicht. Wir können so vorsichtig sein, wie wir wollen, wir haben überhaupt kein Kriterium in der Hand. Er ist ungefähr die schärfste Mine in der ganzen Galaxis, und die kann jederzeit losgehen.«

»Nein«, sagte Kirk. »Er *ist* keine Waffe, er *hat* eine, das ist der Unterschied. Er ist im Grunde ein Kind, ein Kind, das im Körper eines Mannes steckt, und er will noch dazu ein ganzer Mann sein. Was er macht, ist ja nicht bösartig – er kann gar nicht anders.«

»Ach, da ist er ja«, sagte McCoy, und die Herzlichkeit, mit der er es sagte, klang gar nicht herzlich. Kirk drehte sich mit seinem Sessel herum. Charlie kam aus dem Aufzug und strahlte.

»Hi«, sagte die schärfste Mine der ganzen Galaxis.

»Ich dachte, du würdest in deiner Kabine bleiben, Charlie.«

»Schon«, sagte Charlie, »aber es war langweilig.«

»Na ja, da du jetzt schon mal hier bist, vielleicht kannst du uns allen ein paar Fragen beantworten. Hattest du vielleicht etwas zu tun mit dem, was auf der *Antares* passiert ist?«

»Warum?«

»Ich will es genau wissen, Charlie. Antworte!«

Jeder hielt den Atem an. Charlie ließ sich Zeit.

»Ja. – Eine Platte in der Abschirmung ihres Nerst-Generators war locker. Ich hab' sie verschwinden lassen. Früher oder später wäre sie sowieso davongeflogen.«

»Warum hast du es ihnen nicht gesagt?«

»Warum denn? – Sie waren nicht nett zu mir. Sie mochten mich nicht. Sie haben doch gesehen, wie sie mich zu Ihnen an Bord gebracht haben. Sie wollten mich loshaben. Jetzt nicht mehr.«

»Und wir?« fragte Kirk.

»Oh, euch brauche ich. Ich muß zur Kolonie Fünf. Aber wenn ihr auch nicht nett zu mir seid, dann lasse ich mir schon noch was einfallen.«

Er drehte sich auf dem Absatz um und ging.

McCoy wischte sich den Schweiß von der Stirn.

»Hast du ihn nicht etwas zu sehr gereizt, Jim?«

»Wir können nicht dauernd so tun, als gingen wir über rohe Eier. Genausogut könnten wir uns unter unsere Bettdecken verkriechen. Wir dürfen uns nicht paralysieren lassen. Ebenso wie wir vor lauter Angst, ihn zu reizen, gar nichts tun, können wir auch alles auf eine Karte setzen.«

»Captain«, sagte Spock, »glauben Sie, daß ihn ein Magnetfeld aufhalten könnte? Daß wir ihn in einen eigens präparierten Raum locken, doch dazu ist er wohl zu clever, aber wir könnten das Feld vor seiner Kabinentür aufbauen. Das ganze Netz für die Laboratorien läuft sowieso daran vorbei – auf Deck Fünf –. Das könnten wir ohne Schwierigkeit benutzen. Es wird zwar etwas dauern, aber immerhin...«

»Wie lange?«

»Grob geschätzt, etwa siebzig Stunden.«

»Mr. Spock, das werden lange siebzig Stunden. Aber versuchen Sie es.« Spock nickte und ging.

»Leutnant Uhura, verbinden Sie mich mit Kolonie Fünf. Ich möchte den Gouverneur sprechen. Leutnant Sulu, Sie suchen uns einen Kurs, der von Kolonie Fünf wegführt, aber so, daß wir sofort wieder zurückkehren können. Wir brauchen etwas Zeit. Pille...« – Leutnant Uhura schrie auf. Es hatte sich angehört, als ob ein Funken übergesprungen wäre. Ihre Hände waren verkrampft. McCoy versuchte ihr zu helfen.

»Es... es geht schon wieder, Pille«, sagte sie. »Es war nur ein Schock. Aber das gibt's doch gar nicht, daß das Pult unter Spannung steht...«

»Doch, ab sofort dürfte auf diesem Schiff alles möglich sein«, sagte Kirk grimmig. Auf jeden Fall berühren Sie es nicht mehr. Was hältst du davon, Pille?«

»Leichte Hautverbrennungen«, sagte McCoy, »aber wer weiß, was es das nächste Mal sein wird.«

»Das kann ich Ihnen sagen«, rief Sulu. »Der Computer streikt. Er nimmt die neuen Koordinaten nicht an. Das heißt, der Computer ist in Ordnung, aber sowie ich neue Kursdaten eingeben will, blockiert er. Wir können den Kurs nicht ändern.«

»Ich hab's eilig.« Das war Charlies Stimme. Er kam gerade aus dem Aufzug, aber als er sah, wie wütend Kirk war, blieb er stehen.

»Charlie, allmählich hängt mir die Sache zum Hals heraus. Was hast du mit dem Sender angestellt?«

»Dieses ganze Geschwätz mit anderen Stationen ist doch völlig überflüssig«, sagte er etwas kleinlaut. »Wenn es Schwierigkeiten gibt, werde ich schon mit ihnen fertig werden. Ich begreife ziemlich schnell.«

»Wir brauchen aber deine Hilfe nicht«, sagte Kirk finster.

»Charlie, im Augenblick kann ich dich nicht daran hindern, das ganze Raumschiff auf den Kopf zu stellen. Aber das eine kann ich dir sagen: Du hast ganz richtig geraten, ich kann dich nicht leiden, nicht um alles in der Welt. Und jetzt mach meinetwegen, was du willst.«

»Ich gehe jetzt«, sagte Charlie kühl. »Ich mach' mir auch nichts daraus, ob Sie mich jetzt mögen oder nicht. Sie werden mich schon noch mögen, und zwar bald. Dafür werde ich sorgen.«

Als er weg war, fing McCoy an, leise zu fluchen.

»Gib's auf, Pille! Es hilft ja doch nicht. Leutnant Uhura, sind eigentlich nur unsere Außenverbindungen gestört oder funktioniert die Bordsprechanlage auch nicht?«

»Sieht aus, als ob sie funktionierte, Captain.«

»Also, rufen Sie mir Bootsmann Rand... Janice, ich habe einen ziemlich üblen Auftrag für Sie – den gemeinsten, den Sie wahrscheinlich je übernommen haben. Ich möchte, daß Sie Charlie in seine Kabine locken. Wir werden zwar aufpassen – aber denken Sie daran, daß, wenn irgend etwas schiefgeht, wir Ihnen nicht helfen können. Sie können natürlich ablehnen, ... vielleicht ist es sowieso sinnlos.«

»Wenn es nicht klappt, dann nicht deswegen, weil ich nicht alles versucht hätte.«

Sie saßen da und starrten auf den Bildschirm. Spocks Hand lag auf dem Knopf, der das Feld einschalten würde. Janice war allein in Charlies Kabine, und das Warten schien ihr auf die Nerven zu gehen. Endlich ging die Tür auf, und Charlie kam ins Blickfeld der Kamera. Auf seinem Gesicht eine Mischung aus Hoffnung und Mißtrauen.

»Das war nett von dir, daß du hergekommen bist. Aber ich habe kein Vertrauen mehr zu den Menschen. Sie sind alle so schwer zu verstehen – außerdem sind sie voll Haß.«

»Nein, das sind sie nicht. Du machst dir nur keinen Begriff davon, was und wie sie fühlen. Du mußt ihnen Zeit lassen.«

»Also dann..., dann magst du mich doch?«

»Ja, Charlie. Ich mag dich, und deswegen will ich dir auch helfen. Sonst wäre ich nicht zu dir gekommen.«

»Das ist fein von dir. Aber ich kann auch nett sein. Schau, ich hab' was für dich.«

Er streckte die Hand, die er bisher hinter seinem Rücken versteckt hatte, aus und hielt ihr eine Rosenknospe hin. Auf dem ganzen Schiff gab es keine Rosen; er konnte also auch Dinge herbeizaubern und nicht nur verschwinden lassen. Auf einmal fiel ihr auch das Parfüm ein. Die Omen standen tatsächlich nicht gut.

»Rosa ist doch deine Lieblingsfarbe, nicht wahr? Ich habe gehört, alle Mädchen mögen Rosa. Blau ist nur für die Jungen.«

»Charlie, das war…, das war ein netter Einfall. Aber glaubst du nicht auch, daß jetzt nicht der richtige Zeitpunkt ist, mir Komplimente zu machen? Ich möchte wirklich mit dir reden.«

»Aber du bist doch in meine Kabine gekommen, und ich weiß, daß das einen ganz bestimmten Sinn hat.« Er streckte die Hand aus und versuchte ihr Gesicht zu berühren. Instinktiv wich sie zur Tür zurück. Spock fühlte, wie seine Handflächen feucht wurden. Im Rückwärtsgehen stolperte sie über einen Stuhl.

»Nicht, Charlie. Ich sagte, ich wollte mich mit dir unterhalten, und das meinte ich auch so.«

»Aber ich wollte doch nur nett zu dir sein.«

Irgendwie gelang es ihr, den Stuhl zu umgehen.

»Das ist also der Schlüssel zu Charlies Geheimnis«, sagte sie.

»Wie meinst du das? Was ist das?«

»Ganz einfach, es heißt, jeder muß nett zu Charlie sein, sonst…«

»Das ist nicht wahr«, sagte er aufgebracht.

»Nicht? Wo ist dann Sam Ellis?«

»Ich weiß nicht, wo er ist. Er ist eben fort. Janice, ich will doch nur nett zu allen sein, aber sie lassen mich ja gar nicht. Keiner von euch! Janice, ich schenk' dir alles, was du dir wünschst! Du brauchst es nur zu sagen.«

»Ich verstehe, Charlie. Ich glaube, du läßt mich jetzt besser gehen. Das ist nämlich alles, was ich will.«

»Aber du hast doch gesagt…« Er schluckte. »Janice, ich… ich liebe dich!«

»Nein, das tust du nicht. Du weißt ja gar nicht, was das ist.«

»Aber dann zeig es mir doch«, flehte er und versuchte sie festzuhalten.

Sie war jetzt mit dem Rücken an der Tür. Spock drückte auf einen Knopf und die Tür ging auf. Charlie schaute ziemlich verdutzt, als Janice die Kabine verließ. Er wollte nachstürzen, aber Spock hatte das Feld schon eingeschaltet. Charlie wurde ziemlich unsanft zurückgeworfen. Einen Augenblick stand er da wie ein frisch gefangenes Wildpferd, schnaubend, die Nasenflügel gebläht, sein Atem ging heftig. Dann sagte er: »Schon gut, ist schon gut.«

Er ging langsam vorwärts. Kirk ließ ihn von der Kamera verfolgen.

Er ging durch das Feld hindurch, als ob es gar nicht da wäre. Er ging auf Janice zu.

»Warum hast du das getan? Ihr laßt es mich nicht einmal versuchen. Keiner von euch. Von jetzt an mache ich keinen Spaß mehr. Ich werde nur noch die hier lassen, die ich brauche. Dich brauche ich nicht mehr.«

Es gab wieder diesen Implosionsknall, und Janice war verschwunden. Vor Kirks Augen wurde es schwarz, ein Schwarz, das schmerzte.

»Charlie«, schrie er heiser ins Mikrofon. Der starrte dumpf in die Richtung, aus der die Stimme kam.

»Sie auch, Captain«, sagte er. »Was Sie gemacht haben, war auch nicht nett. Ich werde Sie aber noch eine gewisse Zeit brauchen. Die *Enterprise* ist keine *Antares*. Die war einfacher zu steuern. Aber wenn sie mir noch einmal etwas antun wollen, ... dann werden Sie bald keine Mannschaft mehr haben... Ich komme jetzt auf die Brücke.«

»Ich kann dich nicht daran hindern.«

»Das weiß ich selbst... Ein Mann zu sein, ist gar nicht so großartig, nicht wahr? Ich bin keiner und kann trotzdem alles tun. Sie nicht. Vielleicht bin ich der Mann und Sie sind keiner.«

Kirk stellte die Anlage ab. Er blickte Spock an. Nach einer Zeit sagte dieser: »Das war die letzte Möglichkeit, soweit ich es sehen kann.«

»Wir haben versucht, was möglich war, das ist sicher. Hat das Feld beim zweiten Mal überhaupt keine Reaktion gezeigt?«

»Nicht die geringste. Er ging so einfach durch wie ein... ein Lichtstrahl. Nein, stimmt nicht. Einen Lichtstrahl hätte ich aufhalten können, wenn ich seine Frequenz gekannt hätte. Es scheint fast nichts zu geben, was er nicht kann.«

»Außer das Schiff führen – und allein nach Kolonie Fünf gelangen.«

»Ein ziemlich schwacher Trost.«

Sie unterbrachen ihr Gespräch, als Charlie eintrat. Er kam ziemlich großspurig daher. Zu keinem sagte er ein Wort. Er ging direkt zum Pilotensitz und bedeutete Sulu, daraus zu verschwinden. Nach einem kurzen Blickwechsel mit Kirk stand er gehorsam auf und ließ Charlie Platz nehmen. Dieser fing an, an den Steuerknöpfen zu hantieren, und das Schiff geriet langsam ins Schlingern. Sofort zog er seine Finger wieder zurück.

»Zeigen Sie mir, was ich machen muß«, sagte er zu Sulu.

»Das dürfte etwa dreißig Jahre dauern.«

»So sollen nicht mit mir diskutieren, sondern es mir zeigen.«

»Zeigen Sie's ihm«, sagte Kirk, »vielleicht jagt er uns alle in die Luft. Aber dann kann er wenigstens auf Kolonie Fünf keinen Schaden mehr anrichten...«

»Captain Kirk, Captain!« Das war Leutnant Uhuras Stimme. »Ich habe Signale von draußen, auf Kanal F. Hört sich an wie von einem anderen Schiff. Es ist auf allen Instrumenten zu sehen. Aber ich kann es nicht hören.«

»Da ist nichts«, sagte Charlie, und seine Stimme klang belegt. »Lassen Sie es nur weitersenden.«

»Captain?«

»Ich bin der Captain«, sagte Charlie. Und doch fühlte Kirk, daß Charlie Angst hatte. Er hatte den unbestimmten Verdacht, daß der Junge genau wußte, daß die *Enterprise* diese Signale empfangen mußte.

»Charlie«, sagte er, »hast du etwas mit dieser Botschaft zu tun – blockierst du eine, die an uns gerichtet ist?«

»Das ist mein Spiel, Mr. Kirk«, sagte Charlie. »Sie müssen es schon selbst herausfinden. Sie sagten doch, daß die Spielregeln so wären.«

Er stemmte sich aus dem Pilotensitz hoch und sagte zu Sulu: »Sie können sich jetzt wieder hinsetzen: Ich habe den Kurs auf Kolonie Fünf fixiert.«

In der kurzen Zeit hatte er wahrscheinlich nichts dergleichen tun können, wenigstens nicht mit den paar Kontrollschaltern, die er betätigt hatte. Möglicherweise war es noch der alte Kurs. Aber was es auch immer war, es sah für sie nicht gut aus. In zwölf Stunden würden sie Kolonie Fünf erreicht haben.

Charlies Hände zitterten. Kirk sagte: »Also, Charlie, das Spiel ist so – es ist nämlich zu Ende. Für dich wenigstens. Ich glaube nicht, daß du es noch in der Hand hast. Du bist so weit gegangen, wie du nur gehen konntest. Du müßtest aber noch einen Schritt weitergehen – nämlich mit mir.«

»Ich hätte Sie schon vorher verschwinden lassen können. Zwingen Sie mich nicht dazu, es jetzt zu tun.«

»Das wagst du doch nicht. Du hast mein Schiff. Ich möchte es wiederhaben – mit der ganzen Mannschaft, verstehst du, mit der ganzen Mannschaft. – Und wenn ich dir das Genick brechen muß.«

»Rühren Sie mich nicht an«, flüsterte er. – »Rühren Sie mich ja nicht an!«

Beim nächsten Schritt, den Kirk vorwärts tat, riß ihn ein wahrer Wirbelsturm aus Schmerz zu Boden. So stark, daß er aufschreien mußte.

»Es tut mir leid.« Charlie war etwas ins Schwitzen gekommen. »Es tut mir leid...«

Aus dem Empfänger kam plötzlich ein lautes Summen, und dann sprach jemand in einem anscheinend vernünftigen Code. Uhura wollte den Decoder einschalten, als Charlie zu ihr herumwirbelte und schrie: »Unterlassen Sie das! – Ich sagte, Sie sollen das bleibenlassen!«

Der Schmerz ließ auf einmal nach. Kirk konnte sich wieder frei bewegen. Nach dem Bruchteil einer Sekunde, in der er sich überzeugt hatte, daß es auch stimmte, sprang er auf die Füße. Auch Spock und McCoy kamen näher. Aber Kirk war Charlie am nächsten. Er erhob seine Hand und ballte sie zur Faust.

Charlie wich wimmernd zurück. Aber der Schlag kam nicht. Kirks Arm blieb wie angenagelt in der Luft hängen. Plop! Janice Rand stand auf einmal in der Kommandozentrale. Die Arme ausgebreitet, als ob sie sich noch im Gleichgewicht halten müßte. Ihr Gesicht war ganz weiß und erschrocken. Aber sonst schien ihr nichts zu fehlen. Plop!

»War das ein verdammter Wurf, Jim. Das nächste Mal – Hey! Wo bin ich denn?« Das war Sam Ellis.

»Captain, sie schicken eine Botschaft«, rief Leutnant Uhura.

»Sie sind auf unserer Steuerbordseite. Schiff von Thasus.«

Mit dem Schrei eines verwundeten Tieres warf sich Charlie auf den Boden und trommelte mit beiden Fäusten.

»Hört nicht hin«, jammerte er, »bitte, hört nicht hin. Ich... ich kann einfach nicht mehr mit ihnen leben.«

Kirk hörte ihm ungerührt zu. Der Junge, der sich so lange aufgespielt und sie seinem Willen unterworfen hatte, hatte vollkommen die Beherrschung verloren.

»Ihr seid doch meine Freunde. Ihr habt doch gesagt, ihr seid meine Freunde. Erinnert ihr euch noch, als ich an Bord kam?« Er sah mitleidheischend zu Kirk hinüber. »Bringt mich nach Hause, zur Kolonie Fünf. Das ist alles, was ich will... wirklich alles!«

»Captain«, Spocks Stimme klang leidenschaftslos wie immer. »Schauen Sie mal hier. – Sieht aus, als würde sich etwas materialisieren.«

Kirk, der eben noch das unbestimmte Gefühl gehabt hatte, er wäre ein Dominostein in einer endlosen Reihe umfallender Dominosteine, richtete seinen Blick auf Spock. Auf der Kommandobrücke, zwischen ihm und Spock schien sich tatsächlich ein unglaubliches Phänomen zu ereignen. Spock war nur noch in undeutlichen Umrissen erkennbar. Er war vielleicht zwei Drittel so groß wie ein Mensch und von ovaler Gestalt. Es schien dem Wesen aber nicht gelingen zu wollen, völlig kompakt zu werden. Es waberte hin und her, farbige Bänder schienen sich in ihm zu bewegen. Einen Augenblick lang sah es aus wie ein überdimensionales menschliches Gesicht, dann wieder wie etwas, das überhaupt keinem menschlichen Wesen glich. Im Moment darauf sah es aus wie ein Haus, das sich im bewegten Wasser spiegelt. Aber keinen dieser Zustände konnte es längere Zeit halten.

Dann fing es an zu sprechen. Die Stimme vibrierte tief. Sie kam nicht von der Erscheinung her – sondern aus den Lautsprechern. Aber in dem Maß, wie die Erscheinung ihre Gestalt änderte, wurde auch die Stimme anders. Sie waberte, kam verschwommen, wurde schwächer, überschlug sich wieder, der Tonfall veränderte sich, als ob sie vollkommen außer Kontrolle geraten wäre.

»Es tut uns leid, daß wir Ihnen diese Umstände machen«, sagte sie. »Aber wir haben erst zu spät entdeckt, daß der Menschenjunge verschwunden war. Wir haben lange nach ihm gesucht – und die Raumfahrt ist bei uns schon lange in Vergessenheit geraten. Wir sind sehr traurig, daß sein Entkommen so viele Menschenleben gekostet hat. Aber da das erste Schiff in seiner ursprünglichen Gestalt explodierte, konnten wir nichts für sie tun. Ihre Leute und Waffen haben wir wieder zurückgeschickt. Jetzt ist alles wieder, wie es war. Sie haben nichts mehr zu befürchten – wir haben ihn wieder unter Kontrolle.«

»Nein!« rief Charlie. Sein heftiges Schluchzen erschütterte den ganzen Körper. Er stemmte sich auf die Knie und ergriff Kirks Arm. »Ich werde es bestimmt nicht wieder tun. Bitte... ich werde nett sein – ich werde es nie wieder tun. Es tut mir auch wegen der *Antares* leid... wirklich leid. – Aber nehmt mich mit, bitte...«

»So einfach ist das nicht«, sagte Kirk und sah die Erscheinung vor ihm – war es ein Thasianer? – unverwandt an. »Charlie hat das andere Schiff zerstört, und er muß dafür bestraft werden. Dank Ihrer Hilfe ist wenigstens der andere Schaden wieder behoben. – Aber er ist ein Mensch. Er gehört zu seinesgleichen.«

»Du bist wohl verrückt«, sagte McCoy.

»Sei still, Pille. Er ist einer von uns. Wenn er es bereut, gelingt es ihm vielleicht, wieder zu uns zu finden. Ich glaube, das sind wir ihm schuldig. Vielleicht lernt er auch, von seiner unmenschlichen Macht keinen Gebrauch mehr zu machen.«

»Wir haben ihm diese Macht gegeben«, sagte die Erscheinung, »sonst hätte er gar nicht überleben können. Sie kann nicht zurückgenommen oder vergessen werden. Er wird sie immer wieder gebrauchen. – Er kann gar nicht anders. Er würde euch alle vernichten. Oder ihr müßtet ihn töten, um euch zu retten. Nur bei uns kann er leben.«

»Nein«, sagte Kirk. »Alles, was ihr ihm zu bieten habt, ist ein Gefängnis – aber kein Leben.«

»Wir wissen das. Aber es ist nicht mehr zu ändern. Der Fehler passierte ganz am Anfang. Jetzt können wir für ihn nur noch das kleinere Übel wählen. Und da wir dafür die Schuld tragen, daß es so gekommen ist, müssen wir auch für ihn sorgen. Komm, Charles Evans.«

»Laßt sie nicht!« Charlie schluchzte. »Sie dürfen mich nicht mitnehmen! Captain – Janice! Bitte! Versteht ihr denn nicht, ich kann sie ja nicht einmal anfassen...«

Der Junge und der Thasianer waren verschwunden. Zurück blieb eine lange bleischwere Stille – das schwache Vibrieren der Motoren der *Enterprise* – und das leise Weinen von Janice Rand, die wie eine Mutter um ihren Sohn trauerte, der nie mehr wiederkommen würde.

Tantalus

Simon van Gelder, Insasse der Strafkolonie Tantalus, gelangte mit einem Transport an Bord der *Enterprise.* Er hatte sich in einem Behälter versteckt, der an das Büro für Gefangenenresozialisierung in Stockholm adressiert war. Gewiß, ein reichlich verzweifeltes Unterfangen und nicht einmal besonders schlau eingefädelt, aber für ihn unter den gegebenen Umständen wahrscheinlich das einzig mögliche. Der Transport war noch keine drei Minuten an Bord, als Kirk von Tristan Adams, dem Direktor der Kolonie und zugleich ihr Chefarzt, eine Warnung erhielt. Und da der Entkommene zur Gewalttätigkeit neigte, so sagte Adams, begann man sofort mit der Suche.

Immerhin hatte sich Gelder, der Anfang der Vierzig war und über einsachtzig groß, in dieser kurzen Zeit aus seinem Versteck befreien, eine Wache überfallen und niederschlagen können und sich einer Uniform und eines Handphasers bemächtigt. So verkleidet, gelangte er tatsächlich bis auf die Kommandobrücke. Er drohte zunächst mit der Waffe, ließ aber dann von allen gewaltsamen Vorhaben ab – und bat um Asyl. Drei Minuten lang geschah gar nichts, bis er auf einmal, von hinten durch einen von Mr. Spocks berühmten Nervengriffen gelähmt, zu Boden stürzte. Er wurde in die Krankenstation gebracht, und damit hätte der Fall eigentlich sein Ende haben können.

Oder hätte es zumindest finden sollen, denn der Gefangene wäre noch einer kurzen klinischen Untersuchung unterzogen und dann mit dem Transport wieder zur Kolonie zurückgebracht worden, zu Dr. Adams und seinen differenzierten therapeutischen Behandlungsmethoden. Kirk war schon lange ein Bewunderer von Dr. Adams' Ideen zur Rehabilitierung Straffälliger. Er hatte es immer wieder bedauert, daß ihm seine Aufgaben auf der Enterprise noch nie Zeit dazu gelassen hatten, die Kolonie selbst zu besichtigen. Jetzt schien dieser Fall die beste Gelegenheit dafür zu bieten. Und dazu kam noch, daß ihn irgend etwas an van Gelder irritierte. Bei ihrem kurzen Zusammentreffen war es Kirk nicht so vorgekommen, als hätte er es mit einem gewöhnlichen Verbrecher zu tun. Er wußte allerdings auch nicht, daß seit jeher keine kriminellen, rein psychiatrischen Fälle nach Tantalus geschickt wurden. Er machte sich auf, um nach dem Gefangenen in der Krankenstation zu sehen.

Er schien zu schlafen, doch sein Körper schien hellwach, ja wie unter größter Anspannung zu stehen, wie die angeschlossenen Geräte zur Kontrolle der Körperfunktionen bewiesen. Im Schlaf erschien sein Gesicht entspannt, weich, verwundbar, wie das eines Kindes.

»Es ist verrückt«, sagte McCoy und deutete auf den Bildschirm. »Ganze Protuberanzen von Deltawellen auf dem Elektroencephalographen. Im höchsten Grade abnormal, aber keine Schizophrenie, kein Gewebeschaden oder irgend etwas dergleichen, womit ich schon zu tun hatte. Ich habe ihm die dreifache Dosis Beruhigungsmittel geben müssen, daß er...«

Sie wurden unterbrochen, als der Patient sich in seinem Bett bewegte. Ein Laut, eine seltsame Mischung aus Stöhnen und Schnarchen. Er kam offenbar schon wieder zu Bewußtsein und begann an seinen Fesseln zu reißen.

»Im Bericht steht, daß er sehr viel spricht«, sagte Kirk.

»Das schon, aber das soll sich einer zusammenreimen. Er sagt etwas, dann scheint er es wieder zu vergessen, fängt mit etwas anderem an... und doch, das wenige, was ich habe verstehen können, scheint einen Sinn zu haben, irgendeine für ihn furchtbare Wahrheit. – Zu schade, daß wir ihn nicht länger hierbehalten können.«

»So, das ist also das System, nicht wahr?« sagte der Mann auf dem Bett rauh und zerrte weiter an den Fesseln.

»Nehmen sie ihn weg von mir! Sehen Sie zu, daß Sie ihn loswerden! Soll sich doch ein anderer damit abplagen! Du verdammter...«

»Wie heißen Sie?« fragte Kirk.

»Mein Name... mein Name...« Ganz plötzlich erschien es Kirk, als ob der Mann nicht so sehr gegen die Fesseln ankämpfte, sondern sich gegen eine Art von Schmerz stemmte.

»Ich heiße, äh... Simon... Simon van Gelder.« Er sank zurück und fügte scheinbar ganz ruhig hinzu: »Ich glaube nicht, daß Sie schon von mir gehört haben.«

»Denselben Namen hatte er zuerst auch genannt«, sagte McCoy.

»Habe ich das?« sagte van Gelder. »Ich hab's vergessen. Ich war Direktor der... der... auf der Kolonie Tantalus. Kein Gefangener... ich war... Assistent. Ich habe studiert... bei...« Sein Gesicht verzerrte sich. »Und dann in... in... dort habe ich die Abschluß... in...«

Je mehr er sich zu erinnern versuchte, desto mehr Schmerzen schien er zu haben. »Lassen Sie nur, van Gelder«, sagte Kirk sanft. »Es ist schon gut so. Wir...«

»Ich weiß es genau«, sagte van Gelder mit zusammengebissenen Zähnen. »Sie haben es ausgelöscht... sie wollen mich anpassen... mich umdrehen! Ich werde es nie vergessen... nie! Ich werde nie mehr zurückgehen! Lieber sterben! Sterben! Sterben!«

Er wurde plötzlich wieder wild, bäumte sich auf und schrie, sein Gesicht war in blinder Wut verzerrt. McCoy trat zu ihm hin und sprühte ihm ein Beruhigungsmittel ins Gesicht. Das Schreien wurde leiser, erstarb in einem Gemurmel, und auch das verstummte.

»Hast du irgendeine Vermutung?« fragte Kirk.

»Eins ist sicher, da brauche ich gar nicht lange zu überlegen«, sagte McCoy. »Er will nicht mehr zurück. – Was hast du gesagt, was das ist? Mehr ein Sanatorium als ein Gefängnis? – Offensichtlich bleibt ein Käfig immer ein Käfig, egal, wie man das Ding nennt.«

»Oder da unten ist irgend etwas Entsetzliches passiert«, sagte Kirk. »Paß gut auf ihn auf, Pille. Ich glaube, ich werde mich da unten mal etwas umsehen.«

Als Kirk auf die Brücke kam, nahm Spock gerade eine Kassette von dem Videorecorder. »Das habe ich in unserer Bibliothek gefunden, Captain. Kein Zweifel, unser Gefangener ist tatsächlich Doktor van Gelder.«

»Doktor...?«

»Genau. Vor sechs Monaten mit Spezialauftrag als Assistent für Dr. Adams in die Kolonie Tantalus versetzt. – Mit einem Spezialauftrag! In seinem Fach genießt er höchste Anerkennung.«

Kirk dachte einen Augenblick nach, dann wandte er sich an seinen Nachrichtenoffizier. »Leutnant Uhura, verbinden Sie mich mit Dr. Adams auf Tantalus... Doktor? Hier ist Captain Kirk von der *Enter-*

prise. Es handelt sich um ihren entkommenen Patienten...«

»Ist das Befinden Dr. van Gelders in Ordnung?« Adams Stimme klang besorgt. »Und Ihre Leute, Captain? Keine Verwundeten? In dem gewalttätigen Zustand, in dem er sich jetzt befindet...«

»Niemandem ist etwas geschehen, Sir. Weder ihm noch uns. Aber ich habe mir gedacht, Sie könnten uns etwas über seine Krankheit erzählen. Mein Sanitätsoffizier ist einigermaßen ratlos.«

»Das überrascht mich gar nicht, Captain. Dr. van Gelder hat mit bestimmten Strahlen experimentiert, von denen er hoffte, sie könnten bei bisher unheilbaren Fällen zu positiven Ergebnissen führen. Er glaubte aber nicht, das moralische Recht zu haben, diese Versuche zuerst an Patienten durchzuführen, deshalb hat er sie an sich selbst durchgeführt.«

Während Adams noch sprach, war McCoy aus dem Aufzug gekommen und hatte mit Kirk und Spock zusammen zugehört. Als er sah, daß Kirk ihn bemerkt hatte, deutete er ihm die unmißverständliche Geste des Halsabschneidens an.

»Ich verstehe, Mr. Adams«, sagte Kirk ins Mikrofon. »Aber könnten Sie vielleicht eine Minute am Apparat bleiben, ich melde mich sofort wieder.« Leutnant Uhura unterbrach die Verbindung, und Kirk drehte sich zu McCoy. »Was ist los?«

»Jim, was Dr. Adams sagte, klang nicht sehr überzeugend. Ich weiß zwar nicht, was unserem Patienten eigentlich fehlt. Aber auf keinen Fall hat er sich das selbst zugefügt. Irgend jemand muß es getan haben. Ich kann es zwar nicht beweisen, es ist nur ein Verdacht, aber ich bin verdammt sicher.«

»Auf einen Verdacht hin, Pille, können wir aber nichts unternehmen«, sagte Kirk, obwohl es ihm ähnlich ging wie McCoy.

»Wir haben es hier nicht mit irgend jemandem zu tun, Pille. In den letzten zwanzig Jahren hat Adams für die Humanisierung und Revolutionierung des Strafvollzugs mehr getan als die übrige Menschheit in den letzten vier Jahrhunderten. Seit Dr. Adams Methoden offiziell anerkannt und praktiziert werden, habe ich mir einige Strafkolonien angesehen. Es gibt keine Käfige mehr, keine Zellen, es sind saubere, freundliche Krankenanstalten für Menschen, die einen psychischen Defekt haben. Und so einen Mann will ich einfach nicht beschuldigen, wenn ich nicht hundertprozentige Beweise dafür habe.«

»Wer spricht denn von Beschuldigungen, Jim?« sagte McCoy gelassen. »Stell ihm doch einfach ein paar Fragen. Schlag ihm eine Inspektion oder etwas Ähnliches vor. Wenn etwas faul ist, wirst du es schon merken. Was ist denn dabei, wenn du es versuchst?«

»Ich glaube, das können wir schon riskieren«, sagte Kirk nach kurzem Überlegen, nickte Uhura zu, die die Verbindung wiederherstellte. »Dr. Adams? Ich bin selbst etwas überrascht. Einer meiner Offiziere hat mich gerade darüber aufgeklärt, daß wir nach unseren Vorschriften verpflichtet sind, in diesem Fall selbst eine Untersuchung durchzuführen. In solchen Fällen ist nämlich ein ausführlicher Bericht...«

»Aber Captain Kirk, Sie brauchen sich nicht zu entschuldigen. Im Gegenteil, Sie würden mir eine große Ehre erweisen, wenn Sie selbst herunterkommen könnten und meine Kolonie inspizierten. Sie können sich sicher denken, daß wir hier nicht sehr viel Besucher haben. Und es wäre auch schön, wenn Sie ihren Stab mitbrächten. Gezwungenermaßen müssen wir nämlich mit unseren Kontakten zur Außenwelt ziemlich sparsam sein.«

»Ich verstehe. Ich habe schon einige andere Kolonien besichtigt. Also gut. Haben Sie vielen Dank, Dr. Adams. Enterprise Ende... Zufrieden, Pille?«

»Vorläufig«, sagte dieser ungerührt.

»Gut, wir behalten van Gelder auf jeden Fall hier, bis ich mit meiner Untersuchung fertig bin. Pille, schick mir jemanden von deinen Leuten, der Erfahrung in Psychiatrie und mit Straflagern hat. Möglichst in ein und derselben Person.«

»Ja, aber selbstverständlich. Sie müssen verstehen, daß wir nicht so gerne über Fehlschläge sprechen. Aber immerhin, auch negative Beweise können von größter Wichtigkeit für die Wissenschaft sein. Würden Sie mir bitte folgen.«

»Wenn Sie mir noch eine Minute Zeit ließen«, sagte Kirk lächelnd und zog seinen Kommunikator heraus. »Ich muß mich nur noch um mein Schiff kümmern. Wenn Sie mich einen Augenblick entschuldigen.« Er entfernte sich etwas und drehte ihnen den Rücken zu. Spocks sanfte Stimme meldete sich.

»Van Gelders Zustand hat sich nicht geändert. McCoy hat ihm noch ein paar weitere Puzzlesteine abgerungen. Aber im ganzen hat sich nichts geändert. Er besteht darauf, daß Adams ein Schurke ist und die Maschine äußerst gefährlich. Sonst keine weiteren Details.«

»In Ordnung, Mr. Spock. Ich werde mich alle vier Stunden melden. Hier unten sieht alles soweit ganz gut aus. Nichts Verdächtiges. – Ende.«

»Fertig, Captain?« sagte Adams freundlich. »Dann bitte hier entlang.«

Der Raum, in dem van Gelder seine so merkwürdige und erschütternde Verwandlung erfahren hatte, unterschied sich rein äußerlich in nichts von jedem anderen Behandlungszimmer. Vielleicht, daß es mehr wie das Behandlungszimmer eines Radiologen aussah. Auf dem Behandlungstisch lag ein Patient, anscheinend bewußtlos. Von einem kleinen, ziemlich kompliziert aussehenden Gerät an der Decke fiel ein monochromatisches Lichtbündel, ähnlich einem Laserstrahl, auf die Stirn des Patienten. Nahe der Tür stand in einer Art Uniform ein Therapeut vor einer kleinen Kontrolltafel. Er trug keinen besonderen Schutzanzug; anscheinend war die Strahlung, oder was immer es war, ungefährlich, selbst auf diese geringe Entfernung. So sah das alles ganz harmlos aus.

»Das ist also das Gerät«, sagte Adams leise. »Ein Neuronenverstärker oder -droßler. Die beiden Begriffe scheinen sich zwar gegenseitig aufzuheben, aber tatsächlich hat beides dieselbe Wirkung: Eine größere Beweglichkeit der Neuronen, was natürlich einen erheblichen Zuwachs der Anzahl von Querverbindungen zwischen den einzelnen Gehirnzellen bedeutet. Ab einem bestimmten Punkt, so hat es uns wenigstens die Informationstheorie vorgerechnet, bewirkt diese gesteigerte Beweglichkeit, daß die Information vollkommen verschwindet. Wir hatten gehofft, daß wir damit unseren Patienten zu einem ausgeglicheneren Leben verhelfen würden, daß sie nicht mehr in dem Maß ihren Gewissensqualen und Begierden ausgeliefert sind. Aber die Wirkung hält leider nur sehr kurz an. Ich bezweifle sehr, daß dieses Gerät auf die Dauer den gewünschten Zweck erfüllen wird.«

»Hmm«, sagte Kirk. »Wenn es also gar nicht…«

»Warum wir es trotzdem immer noch verwenden?« Adams lächelte listig. »Hoffnung, Captain, nur die Hoffnung! Vielleicht erfüllt es doch noch irgendeinen besonderen Zweck bei Patienten, die zu Gewaltausbrüchen neigen – natürlich nur zur Beruhigung, als erste Hilfe sozusagen.«

»Also, so ein kleiner Tranquilizer«, meinte Helen Noel. »Nur eben nicht in Tablettenform. Und fortwährend chemische Substanzen in den Blutkreislauf eines Menschen zu bringen, nur um ihn einigermaßen unter Kontrolle zu halten, ist doch...«

Adams nickte heftig. »Genau das ist es, Doktor.« Er ging zur Tür, aber Kirk betrachtete immer noch den Patienten auf dem Tisch. Plötzlich wandte er sich an den Therapeuten und fragte: »Wie funktioniert das?«

»Ganz einfach. Es ist ein primitives Strahlungsgerät. An – Aus, und hier das Potentiometer für die Stärke. Wir haben zuerst versucht, den Output der Deltafrequenz des Patienten anzugleichen, haben aber herausgefunden, daß das gar nicht nötig ist. Das Gehirn scheint dafür eine Art von eigenem Monitor zu besitzen, mit etwas Unterstützung von uns natürlich. Sie müssen also den Patienten schon ganz gut kennen. Sie können ihn nicht einfach auf den Tisch legen und erwarten, daß der Apparat mit ihm verfährt wie ein Computer.«

»Und wir sollten aus demselben Grund nicht soviel in Gegenwart des Patienten reden«, sagte Adams leise. Zum ersten Mal klang seine Stimme ein ganz klein wenig ärgerlich. »Es ist besser, wir heben uns weitere Erklärungen auf, bis wir wieder in meinem Büro sind.«

»Ich stelle meine Fragen lieber, solange sie mir auf der Zunge liegen.«

»Der Captain«, sagte Helen zu Adams, »ist ein recht stürmischer Mensch.«

Adams lächelte. »Er erinnert mich etwas an die Skeptiker in der Antike. Die wollten alle Weisheit der Welt erlernen, solange sie auf einem Bein stehen konnten.«

»Ich möchte nur ganz sicher sein«, sagte Kirk ungerührt, »daß es auch genau hier war, wo das Unglück mit Dr. van Gelder passierte.«

»Ja«, sagte Adams, »und er war im Grunde selbst daran schuld. Ich spreche zwar nicht gern über die Fehler von Kollegen, aber Simon hatte tatsächlich einen dicken Schädel. So wie die Strahlung jetzt dosiert ist, hätte er sich ein ganzes Jahr darunter legen können. Sie könnte sogar noch stärker sein. Oder wenn wenigstens jemand an der Kontrolltafel gewesen wäre, als es kritisch wurde. Aber er wollte es allein versuchen, bei vollem Output. Natürlich mußte es dann dazu kommen. Auch Wasser kann einen Menschen schädigen – in genügend großer Menge.«

»Sehr unvorsichtig von ihm«, sagte Kirk unbeeindruckt. »Gut, Mr. Adams, sehen wir uns den Rest an.«

»Freut mich, Captain, ich möchte Ihnen nämlich auch ein paar positive Fälle zeigen, bei denen wir Erfolg hatten.«

Als sie wieder in den Räumen waren, die ihnen Adams zugewiesen hatte, rief Kirk die *Enterprise*. Von van Gelder gab es nichts wesentlich Neues zu berichten. McCoy versuchte nach wie vor, hinter die Lükken in van Gelders Gedächtnis zu kommen, aber es kam nichts dabei heraus. Der Patient war erschöpft. Am Schluß sagte er immer nur: »Er leert uns... und dann füllt er sein Ich in uns. Ich bin weggelaufen, bevor er mich auffüllen konnte. Man fühlt sich so einsam, wenn man ganz leer ist...«

Ohne Bedeutung, und doch schien es Kirk auf eine Idee zu bringen. Nach einer Weile betrat er leise den Korridor und klopfte an Helens Tür.

»Nun«, sagte sie, »was soll das heißen, Captain? Denken Sie, es ist schon wieder Weihnachten?«

»Es ist dienstlich«, sagte Kirk. »Lassen Sie mich herein, bevor mich hier jemand sieht.«

Sie gab ihm zögernd den Weg frei, und er trat ein und schloß die Tür hinter sich.

»Danke, Doktor. Ich möchte Sie fragen, was sie von den Häftlingen halten, die wir heute nachmittag gesehen haben.«

»Also... es hat mich tatsächlich beeindruckt, überhaupt das ganze Projekt. Die Patienten schienen glücklich zu sein oder jedenfalls zufrieden. Ein echter Fortschritt...«

»Nicht auch ein bißchen – wie soll ich sagen – leblos, stumpf?«

»Sie waren nicht normal, das habe ich auch gar nicht anders erwartet.«

»Das stimmt natürlich. Ich möchte mir den Behandlungsraum noch einmal ansehen, und dazu brauche ich Sie. Sie müssen diese Theorie weitaus besser verstanden haben als ich.«

»Warum fragen Sie nicht Dr. Adams?« sagte sie steif. »Er ist doch der einzige wirkliche Experte auf diesem Gebiet.«

»Und wenn er mich nun angelogen hat und mich weiter anlügt, werde ich überhaupt nichts erfahren. Ich muß sehen, wie die Maschine arbeitet, und dazu brauche ich jemanden, der sie bedient... Sie sind die einzige, die in Frage kommt.«

»Also gut – gehen wir.«

Sie fanden das Behandlungszimmer ohne Schwierigkeiten. Niemand war dort. Da ihm der Therapeut zuvor die Schalttafel erklärt hatte, konnte er das Gerät ohne weiteres in Betrieb setzen. Dann legte er sich genauso auf den Behandlungstisch, wie er es bei dem Patienten gesehen hatte, und musterte argwöhnisch den Apparat an der Decke.

»Ich hoffe, Sie sind in der Lage zu beurteilen, wann es anfängt, für mich gefährlich zu werden. Adams sagt zwar, es sei harmlos, aber das möchte ich ja eben herausfinden. Fangen wir beim niedrigsten Output an. Nur ein, zwei Sekunden.«

Nichts geschah.

»Also? Wenn Sie bereit sind...«

»Aber Sie haben schon zwei Sekunden gehabt.«

»Hm. Ich habe überhaupt nichts gemerkt.«

»Aber ich. Zuerst haben Sie die Stirn gerunzelt, dann wurde Ihr Gesicht schlaff. Als ich die Strahlung wieder abschaltete, haben Sie wieder die Stirn gerunzelt.«

»Das ist mir unbegreiflich. Ich habe nichts von all dem gespürt. Versuchen Sie es noch einmal.«

»Wie fühlen Sie sich jetzt?«

»Etwas... äh, ich kann es nicht genau sagen, es ist kein besonderes Gefühl. Ich warte einfach. Ich dachte, wir würden es noch einmal versuchen?«

»Haben wir auch«, sagte Helen. »Es ist, als ob Ihr Gedächtnis so total ausgelöscht wird, daß Sie nicht einmal mehr einen Sinn für die Zeit haben.«

»Gut, gut«, sagte Kirk trocken. »Ein ziemlich bemerkenswertes Resultat für ein Gerät, das Adams als unbrauchbar abtun wollte. Der Techniker sagte auch irgend etwas von Suggestion. Versuchen Sie's mal, irgend etwas Harmloses. Wissen Sie, wenn wir damit fertig sind, dann schauen wir, ob es hier eine Küche gibt.«

»Es funktioniert, Captain«, sagte Helen überrascht. »Ich hatte das Gerät eben zwei Sekunden eingeschaltet bei niedrigster Stärke und leise gesagt ›Ich bin hungrig‹ – und jetzt sind Sie es anscheinend tatsächlich.«

»Ich habe kein Wort gehört. Versuchen Sie es noch einmal. Ich möchte vollkommene Klarheit darüber.«

»Das finde ich durchaus richtig«, erklang Adams Stimme. Kirk setzte sich kerzengerade auf und sah in die Mündung eines Phasers. Auch der Therapeut war da und hielt mit seiner Waffe Helen in Schach.

»In Gefängnissen und Nervenheilanstalten wird jedes Gespräch, jedes Geräusch aufgezeichnet und abgehört«, sagte Adams freundlich, »sonst würden sie sich gar nicht halten können. Und so, Captain, freut es mich, daß ich Ihre Neugierde befriedigen kann. Ich werde Ihnen das Gerät demonstrieren, daß Sie Ihre helle Freude daran haben werden.«

Er ging zur Schalttafel und drehte an dem Hauptregler. Kirk sah nicht einmal, daß er den Knopf zum Einschalten drückte. Der Raum verschwand vor seinen Augen in einer Kaskade von unerträglichem Schmerz.

Wie schon vorher, hatte er auch jetzt nicht das Gefühl, daß irgendeine Lücke in seiner Erinnerung wäre. Er stand da und überreichte Adams seinen Phaser. Im selben Augenblick wußte er auch, was das für ein Schmerz war. Es war Liebe. Er liebte Helen. Und die Verlassenheit, die Einsamkeit schmerzte ihn. Helen war fort. Alles, woran er sich erinnern konnte, war, daß er sie an jenem Weihnachtsabend in ihre Kabine gebracht hatte, wie sie sich gesträubt hatte, wie er sie belogen hatte, und daß diese Lügen jetzt die reinste Wahrheit waren. Es war nur seltsam, daß diese Erinnerungen so farblos waren, eindimensional, die Stimmen, die darin auftauchten, klangen so monoton. Aber das Verlangen und die Einsamkeit waren real. Um diesen Schmerz zu lindern, hätte er alles getan: gelogen, gestohlen, sein Schiff aufgegeben, seinen guten Ruf, sein Ansehen..., er schrie auf.

»Sie ist nicht hier«, sagte Adams und reichte Kirks Waffe seinem Therapeuten. »Ich werde sie nach einer Weile wieder herschicken, dann wird es besser werden. Aber zuerst müssen Sie Ihr Schiff rufen. Es ist wichtig, daß die Offiziere Bescheid wissen, daß es Ihnen gutgeht. Dann können wir vielleicht Dr. Noel sehen.«

In einem neuen Anfall von Schmerz holte Kirk seinen Kommunikator heraus und klappte ihn auf. »Captain... an *Enterprise*...« Es fiel ihm sehr schwer zu sprechen. Die Botschaft an sich war unwesentlich.

»Hier *Enterprise*, Captain.« Es war Spocks Stimme.

»Hier ist alles in Ordnung, Mr. Spock. Wir sind immer noch bei Dr. Adams.«

»Ihre Stimme klingt so müde, Captain. Irgendwelche Schwierigkeiten?«

»Keine, Mr. Spock. Ich melde mich in sechs Stunden wieder. Ende.« Er wollte den Kommunikator wieder einstecken, aber Adams streckte die Hand aus.

»Und das auch noch, Captain.«

Kirk zögerte, aber Adams war sofort wieder an der Schalttafel. Der Schmerz kam wieder zurück, verdoppelte, verdreifachte, verzehnfachte sich und endlich – endlich, die erlösende Bewußtlosigkeit.

Er wachte auf vom sanften Klang einer weiblichen Stimme. Ein feuchtes Tuch auf seiner Stirn brachte seinem Kopf Linderung. Er schlug die Augen auf. Er lag in einem Bett in einem der Gästezimmer auf Tantalus; er fühlte sich, als ob man ihn ins Bett hineingeworfen hätte. Eine Hand glitt in sein Gesichtsfeld, und er fühlte wieder das feuchte Tuch auf seiner Stirn. Helens Stimme sagte: »Captain... Captain. Man hat Sie aus dem Behandlungsraum herausgebracht. Sie sind jetzt wieder in Ihrem alten Zimmer. Wachen Sie auf, bitte, bitte!«

»Helen«, sagte er, und ganz automatisch griff er nach ihrer Hand. Aber er war noch sehr schwach. Mühelos stieß sie ihn wieder zurück.

»Versuchen Sie doch, sich zu erinnern. Er hat Ihnen doch das alles eingeredet. Er ging an die Schalttafel. – Erinnern Sie sich an den Schmerz? Und an seine Stimme, wie er Ihnen sagte, Sie liebten mich?«

Er richtete sich mühsam auf und stützte sich auf einen Ellbogen. Der Schmerz war noch da, und das Verlangen auch. Er versuchte dagegen anzukämpfen mit aller Kraft.

»Ja... ich glaube schon«, sagte er. Eine neue Welle von Schmerz. »Seine Maschine ist nicht ganz vollkommen. Ich erinnere mich... an einiges.«

»Das ist gut. – Lassen Sie mich nur nochmal das Tuch feucht machen.«

Während sie weg war, zwang sich Kirk dazu, aufzustehen. Einen Augenblick lang stand er schwankend da. Dann schlurfte er langsam zur Tür und untersuchte, ob sie abgesperrt war; verschlossen, natürlich. Hier drinnen sollten sich also er und Helen ihrer aufgezwungenen Liebe hingeben, sie bestätigen, wahrmachen... und die *Enterprise* vergessen. So einfach wollte er es ihnen aber nicht machen. Er blickte sich im Zimmer um und entdeckte den Gitterrost der Klimaanlage.

Helen kam wieder zurück, und er winkte sie zu sich. Mit dem Finger auf die Lippen gelegt bedeutete er ihr, nicht zu sprechen. Neugierig folgte sie ihm. Er versuchte das Gitter zu bewegen, und es gab ganz leicht nach. Als er sich mit ganzer Kraft dagegenstemmte, konnte er es nach außen biegen. Beim zweiten Versuch gelang es ihm, es ganz herauszulösen. Er kniete sich hin und steckte den Kopf in die Öffnung.

Das war nicht nur ein Schacht, das war ein kleiner Tunnel. Man konnte bequem darin kriechen. Er diente wahrscheinlich dazu, die Energieleitungen zu warten. Er versuchte hineinzukriechen, doch seine Schultern waren zu breit.

Er gab den Versuch auf und streckte die Hände nach dem Mädchen aus. Sie wich zurück. Er schüttelte energisch den Kopf und hoffte, daß in seinem Ausdruck nichts auf Leidenschaft schließen ließ. Nach einigem Zögern trat sie auf ihn zu.

»Er kann uns wahrscheinlich genausogut beobachten wie hören«, flüsterte Kirk. »Ich hoffe nur, daß die Kamera auf das Bett gerichtet ist. Dieser Tunnel hier steht wahrscheinlich mit einem ganzen Komplex von anderen in Verbindung, und möglicherweise gelangt man durch ihn zu ihrer Energiezentrale. Wenn Sie hier durchkämen, könnten Sie für das ganze Gelände den Strom abschalten – auch ihre Sensoren. Und Spock könnte uns Hilfe herunterschicken, ohne von ihnen abgefangen zu werden. Die Sache wäre einen Versuch wert!«

»Natürlich.«

»Und berühren Sie keine von den Leitungen. Das könnte ziemlich unangenehm sein.«

»Wohl nicht unangenehmer als Adams' Behandlung.«

»Gutes Mädchen.«

Er blickte auf sie herab. Der Schmerz wurde größer, verstärkt durch die Erinnerung und die Gefahr, in der sie schwebten. Ihre Augen waren halb geschlossen, und ihr Mund lockte. Irgendwie gelang es ihm, sich von diesem Gedanken loszureißen. Sie ließ sich auf die Knie nieder und zwängte sich in den Tunnel. Als sie verschwunden war, befestigte Kirk das Gitter wieder an seinem alten Platz.

Es rastete nicht wieder richtig ein, dazu war es zu verbogen. Es gelang ihm aber, es wieder einigermaßen geradezubiegen und es so zu befestigen, daß niemand auf den Verdacht kommen würde, es wäre mit Gewalt entfernt worden. Er hatte sich gerade wieder erhoben und ein paar abgebrochene Nieten in die Tasche gesteckt, als er hörte, wie die Halterungen im Türschloß aufklickten. Er drehte sich gerade noch rechtzeitig um und sah den Therapeuten hereinkommen. Er hielt eine altmodische Laserpistole in der Hand und sah sich gleichgültig im Zimmer um.

»Wo ist das Mädchen?«

»Ein anderer von euch Gorillas hat sie mitgenommen. Wenn ihr etwas geschehen ist, werde ich Sie töten. – Ist es wieder Zeit für eine Behandlung?« Er machte einen Schritt auf ihn zu und beugte sich unwillkürlich etwas vor. Die Pistole zuckte sofort hoch. »Zurück! Gehen Sie an mir vorbei in den Korridor und dann rechts. Ich werde nicht zögern zu schießen.«

»Da dürften Sie sich aber schwertun, das Ihrem Boß zu erklären. In Ordnung, ich gehe schon.«

Adams wartete bereits. Mit einer knappen Geste ließ er ihn auf dem Behandlungstisch Platz nehmen.

»Was soll das?« fragte Kirk. »Ich füge mich doch ohnehin Ihren Anweisungen, oder?«

»Wenn Sie es täten, würden Sie keine Fragen stellen. Jedenfalls habe ich nicht im Sinn, mich Ihnen zu erklären. Legen Sie sich flach hin. Gut.«

Die Strahlung drang wieder in Kirks Gehirn ein. Er fühlte, wie die Leere größer wurde, und versuchte dagegen anzukämpfen. Dieses Mal wenigstens merkte er, daß die Zeit verging, wenn er auch sonst nichts erreichte. Aber sein Wille schien immer mehr nachzulassen, als ob ein Ventil in seinem Kopf geöffnet worden wäre.

»Sie glauben mir bedingungslos«, sagte Adams. »Sie glauben mir, Sie vertrauen mir. Das geringste Mißtrauen wird äußerst schmerzhaft sein. Sie glauben...«

»Ich glaube«, sagte Kirk. Etwas anderes zu tun, wäre fast Selbstmord gewesen. »Ich glaube Ihnen. Ich vertraue Ihnen. Ich vertraue Ihnen! Halt! Halt!«

Adams schaltete die Maschine zurück. Der Schmerz ließ etwas nach, aber er war noch lange nicht ganz verschwunden.

»Ich glaube Ihnen«, sagte Adams nachdenklich. »Van Gelder hat an diesem Punkt schon vor mir auf den Knien gelegen – und er hatte einen starken Willen. Ich kann mich glücklich schätzen, ein solches Paar wie sie beide zu haben. Ich habe eine Menge daraus gelernt.«

»Aber... zu welchem... zu welchem Zweck? Ihr Ansehen... Ihre Arbeit...«

»So, Sie stellen also immer noch Fragen? Sehr bemerkenswert. Nun ja, das macht jetzt nichts mehr aus. Ich bin es satt, immer Dinge für andere zu tun, das ist alles. Ich möchte es einmal sehr gut haben, wenn ich alt bin – und ich bin da wählerisch. Sie werden mir dazu verhelfen.«

»Natürlich... aber so unnötig... vertrauen Sie...«

»Wem? Ihnen? – Natürlich. Oder darauf, daß mich die Menschen einmal belohnen werden? Alles, was sie mir bis jetzt gegeben haben, ist Tantalus. Und das ist nicht genug. Ich weiß, wie ihre Gehirne arbeiten. Keiner weiß es besser.«

An der Tür war ein Geräusch. Kirk sah, daß Lethe eingetreten war.

»Dr. Noel ist verschwunden. Niemand hat sie herausgeholt. Sie ist nirgendwo zu finden.«

Adams drehte sich zur Schalttafel und drückte auf den Knopf. Der Strahl kam wieder – mit voller Stärke. Kirks Hirn schien auszulaufen wie ein See durch eine geborstene Staumauer.

»Wo ist sie?«

»Ich... ich weiß es nicht.«

Die Schmerzen wurden noch stärker. »Wo ist sie? Antworten Sie!«

Es war ihm unmöglich, zu antworten, denn er wußte es nicht, und die Schmerzen blockierten jede andere Antwort außer genau der von ihm verlangten. Er konnte keinen klaren Gedanken fassen. Als ob er auch daran eben gedacht hätte, dämpfte Adams die Strahlung etwas.

»Wo haben Sie sie hingeschickt? Mit welchem Auftrag? Antworten Sie!«

Der Schmerz peitschte wieder hoch bis zur Unerträglichkeit – und im selben Moment gingen alle Lichter aus, bis auf eine Art Notbeleuchtung an der Decke. Kirk hielt sich nicht damit auf, darüber nachzudenken, was jetzt geschehen war. Durch den wahnsinnigen Schmerz zu rasender Wut aufgestachelt, war jetzt alles reiner Reflex. Einen Augenblick später lag der Therapeut bewußtlos auf dem Boden, und Kirk hielt Dr. Adams und Lethe mit dem altmodischen Handphaser in Schach.

»Ich habe jetzt keine Zeit, mich mit Ihnen zu beschäftigen«, keuchte er, schaltete den Phaser auf »Betäubung« und drückte zweimal ab. Dann lief er hinaus auf den Korridor. Ein schwerer Klumpen aus Sehnsucht, Einsamkeit und Furcht war in seinem Herzen. Er mußte unbedingt Helen finden. An etwas anderes konnte er nicht denken. Und der weiße, glühende Schmerz in seinem Gehirn machte ihm deutlich, daß er jemanden verriet, dem er Treue geschworen hatte.

Stumpf blickende, verängstigte Patienten drängten sich um ihn wie eine Herde Schafe, als er durch den Korridor eilte. Er stieß sie einfach zur Seite, wenn sie ihm im Weg waren. Der lange Marsch zur Energiezentrale kam ihm vor wie ein endloser Alptraum. Dann, er wußte selbst nicht wie, stand er vor Helen. Er schloß sie in seine Arme und küßte sie.

Es schien aber nicht zu helfen. Er zog sie noch enger an sich. Sie sträubte sich zwar, aber nicht sehr energisch. Kurz darauf hörten sie hinter sich das vertraute Summen einer Transporter-Materialisierung. Dann ertönte Spocks Stimme: »Captain Kirk, was ist los...«

Helen befreite sich aus Kirks Umarmung. »Er kann nichts dafür. Schnell, Jim, wo ist Adams?«

»Oben«, sagte Kirk dumpf. »Im Behandlungsraum.«

»Helen...«

»Später, Jim. Wir müssen uns beeilen.«

Sie fanden Adams. Er lag ausgestreckt auf dem Behandlungstisch. Die Maschine arbeitete auf vollen Touren. Lethe stand teilnahmslos an der Schalttafel. Als Kirk, Spock und Helen, gefolgt von einer vollen Kompanie Schiffswachen, den Raum betraten, schaltete sie das Gerät ab.

McCoy tauchte auf und beugte sich über Adams. Dann richtete er sich auf.

»Tot.«

»Das verstehe ich nicht«, sagte Helen. »Die Maschine ist doch gar nicht so hoch einstellbar, daß sie einen Menschen hätte töten können. Ich glaube es nicht.«

»Er war allein«, sagte Lethe wie versteinert. »Das hat gereicht. Ich habe nicht zu ihm gesprochen.«

Kirk fühlte, wie sein Schädel dröhnte. »Ich glaube, ich verstehe.«

»Das kann ich allerdings nicht behaupten, Jim«, sagte McCoy.

»Ein Mensch muß an irgend etwas sterben.«

»Er starb daran, daß er allein war«, sagte Lethe. »Das genügt vollkommen. Ich kenne das.«

»Was machen wir jetzt, Captain?« fragte Spock.

»Ich weiß nicht... wartet... holt van Gelder her, und wir sehen zu, daß wir ihn hier wieder in Ordnung bringen. Er muß hier behandelt werden, mit diesem Gerät. Und dann... muß er mich behandeln. Helen, ich tue es nicht gerne. Es ist das letzte, was ich überhaupt möchte, aber –«

»Ich möchte es auch nicht«, sagte sie traurig. »Aber wir müssen es beide aushalten. Solange es da war, war es schön, Jim – schrecklich, aber schön.«

»Ich kann es immer noch nicht glauben«, sagte McCoy später, »daß ein Mensch an Einsamkeit sterben kann.«

»Nein«, sagte Kirk. Er war wieder vollkommen hergestellt.

Helen war für ihn nicht mehr als eine Ärztin aus McCoys Stab. Aber...

»Nein«, sagte er, »es ist gar nicht so schwer zu verstehen.«

Der unwirkliche McCoy

Das Kraterlager – oder Bierces Camp – auf Regulus VIII, wie es in den Berichten genannt wurde, bestand aus den abbröckelnden Überresten von etwas, was früher einmal vermutlich ein verborgenes Heiligtum gewesen war. Der Kraterboden war jetzt ein einziges Ausgrabungsfeld: Schächte, Gräben, Werkzeugschuppen, Stapel von Segeltuchplanen, aufgetürmte Funde, Reste der Tempelanlage.

Außerhalb des Kraters erstreckte sich eine trostlose Ebene, die stellenweise mit niedrigen dornigen Sträuchern bewachsen war, bis hin zum nächsten Krater. Und Krater gab es dort eine Unmenge, nur hatte sie bis jetzt niemand genau erforscht. Man wußte nur, daß sie einmal bewohnt gewesen waren, aber noch nicht vor wieviel Tausenden von Jahren. Das war weiter nicht ungewöhnlich, denn in der ganzen Galaxis konnte man solche Planeten finden, deren Geschichte niemand kannte und die unseren Archäologen fortwährend Anlaß zum Träumen und Spekulieren gaben.

Bierce hatte Glück gehabt – unwahrscheinliches Glück.

Aber Kirk, der in seinem Leben schon mehr Planeten gesehen hatte als die meisten Menschen, wurde immer etwas unwirsch, wenn er es mit Regulus VIII zu tun hatte. Die *Enterprise* war entsprechend ihrem allgemeinen Auftrag dort in Position gegangen. Das heißt genauer, ein Paragraph dieses Auftrags war dafür ausschlaggebend gewesen, der bestimmte, daß Wissenschaftler, die Forschungsaufgaben an anderen Planeten durchführen, sich einmal im Jahr von einem Arzt eines Raumschiffs untersuchen lassen müssen. Und da eben diese Prozedur bei Bierce wieder fällig war und sich die *Enterprise* sowieso in nächster Nähe des Planeten befand, nahm McCoy die Gelegenheit wahr. Er ließ sich von der *Enterprise*, die auf Umlaufbahn blieb, herunterbeamen. Es war eine reine Routinesache, bis auf eine Tatsache, von der McCoy selbst schon öfter gesprochen hatte, daß nämlich Bierces Frau Nancy vor gut zehn Jahren und vor ihrer Bekanntschaft mit Bierce ernsthafter Gegenstand von McCoys Interesse gewesen war. Aber das sind ja im Grunde ganz triviale Dinge.

Und dann trat Nancy aus dem Tempel – wenn man diesen Schutthaufen so nennen wollte –, um sie zu begrüßen.

Sie waren zu dritt: McCoy, einer von der Mannschaft, Darnell, er war gewissermaßen McCoys Geleitschutz, und Kirk – der aus Neugier mitgekommen war. Sie kam ihnen mit ausgestreckten Armen entgegen, und nach kurzem Zögern und einem Seitenblick auf Kirk ergriff McCoy ihre Hände. »Leonard!« sagte sie, »laß mich dich ansehen.«

»Nancy, du... du bist nicht ein Jahr älter geworden!«

Kirk konnte sich gerade noch ein Lächeln verkneifen. Sie war schon hübsch, aber nicht außergewöhnlich: eine starkknochige Frau von etwa vierzig Jahren, nicht gerade charmant, und ihr Haar zeigte schon graue Stellen. Es war kaum zu glauben, daß sie unseren hartgesottenen Medikus einmal so fasziniert hatte, selbst als sie dreißig oder noch jünger gewesen sein mochte, daß er auch jetzt noch an ihr kein Zeichen des Alterns feststellen wollte. Und doch, ihr Lächeln war bezaubernd.

»Das ist der Captain der *Enterprise*, Jim Kirk«, sagte McCoy, »und das ist Darnell, ein Mannschaftsmitglied.«

Nancy schenkte der Reihe nach dem Captain und Darnell ein Lächeln. Darnells Reaktion darauf war bemerkenswert. Sein Unterkiefer klappte herunter, und er starrte sie an wie ein Gespenst. Wenn Kirk nicht zu weit weg gewesen wäre, hätte er ihm am liebsten einen Tritt in den Hintern gegeben.

»Kommt herein«, sagte sie, »kommt nur herein. Vielleicht müssen wir noch etwas auf Bob warten; wenn er einmal mit dem Buddeln angefangen hat, vergißt er alles andere um sich. Wir haben uns hier ein paar Zimmer eingerichtet. Früher war das wohl der Altarraum – also, bequem ist es nicht, aber viel Platz. Komm herein, Pflaume.«

»Pflaume?« fragte Kirk erstaunt.

»Ja, das ist ein... ein alter Kosename«, sagte McCoy verlegen und folgte ihr. Verärgert über seine eigene Taktlosigkeit schnauzte Kirk Darnell an: »Was glotzen Sie hier so verwundert herum, Mann?«

»Tut mir leid, Sir«, sagte Darnell steif. »Sie erinnert mich an jemanden, das ist alles. Ich kannte einmal ein Mädchen auf Wrigleys Planet.

Das ist…«

»Das ist vorläufig genug. – Denken Sie darüber nach, wenn Sie allein sind. Vielleicht warten Sie sogar besser draußen.«

»Ja, Sir, vielen Dank.« Der Bursche schien ehrlich erleichtert. »Ich werde mich etwas umsehen, Sir, wenn Sie nichts dagegen haben.«

»Ja, tun Sie das. Aber bleiben Sie in Rufweite.«

Es war wohl ganz einfach so, daß Darnell seit seinem letzten Landaufenthalt keine fremde Frau mehr gesehen hatte. Aber trotzdem…

Bierce ließ lange auf sich warten. Nach einigen Entschuldigungen ließ sie Nancy allein, um ihn zu holen. Sie standen herum und betrachteten die aus dem Stein gehauenen Wände des Raums. Jeder vermied es, den anderen anzusprechen. Kirk wußte nicht genau, ob er jetzt lieber wieder auf der *Enterprise* sein wollte oder sonst irgendwo. Er konnte sich nicht erinnern, daß ihn sein Taktgefühl schon jemals so im Stich gelassen hatte.

Glücklicherweise kam Bierce, bevor sich Kirk entscheiden mußte, ob er nun davonlaufen oder in den Boden versinken wollte. Er war ein ungewöhnlich großer Mann und schien nur aus Knochen und kräftigen, schweren Gelenken zu bestehen. Sein einziges Kleidungsstück schien ein verschlissener Overall zu sein. Sein Gesicht war genauso ausgemergelt wie sein Körper. Das Funkeln in seinen Augen erschien Kirk sowohl intelligent als auch eine Spur verbittert. Aber Kirk hatte nie behauptet, sich bei Akademikern genau auszukennen.

»Dr. Bierce?« sagte er. »Ich bin Captain Kirk, und das ist unser Schiffsarzt…«

»Ich weiß, wer Sie sind«, sagte Bierce, und seine Stimme hörte sich an wie ein verrosteter Wecker. »Wir brauchen Sie hier nicht. Wenn Sie unser Aspirin, unsere Salztabletten und den anderen Krimskrams auffüllen, brauchen Sie sich über uns keine weiteren Gedanken mehr zu machen und können verschwinden.«

»Tut uns leid, aber das Gesetz besteht nun einmal auf einer jährlichen Untersuchung«, sagte Kirk. »Ich bin sicher, daß sich Dr. McCoy beeilen wird, wenn Sie uns halbwegs entgegenkommen.« Und wie zur Bestätigung hatte McCoy schon seine Instrumente ausgepackt.

»McCoy?« fragte Bierce. »Den Namen habe ich doch schon mal gehört... Ach ja, Nancy sprach oft von Ihnen.«

»Strecken Sie Ihre Arme seitlich aus, bitte, und atmen Sie ruhig... Ja, hat sie Ihnen nicht gesagt, daß ich hier bin?«

Nach einer kaum merklichen Pause sagte Bierce: »Sie haben... Sie haben Nancy gesehen?«

»Ja, sie war hier, als wir kamen«, sagte Kirk. »Sie ging dann weg, um Sie zu suchen.«

»O ja, natürlich. Es freut mich selbstverständlich, wenn sie einmal wieder einen alten Freund trifft. Sie hat so wenig Gesellschaft. Mir ist die Einsamkeit gerade recht, aber für eine Frau ist es wahrscheinlich recht schwierig.«

»Ich verstehe«, sagte Kirk, aber er war sich dessen gar nicht so sicher. Dieser plötzliche Versuch, herzlich zu sein, klang etwas gekünstelt und unglaubwürdig nach der anfänglichen Feindseligkeit. Und die hatte sehr echt geklungen.

McCoy hatte die Untersuchung mit dem Tricorder abgeschlossen und eine Holzspachtel in der Hand, um die Mundhöhle zu untersuchen. »Sie hat sich überhaupt nicht verändert«, sagte er. »Machen Sie bitte Ihren Mund auf.«

Widerwillig folgte Bierce der Aufforderung. Im gleichen Moment wurde die Stille von einem markerschütternden Schrei zerrissen. Einen schrecklichen Augenblick lang hatte Kirk das Gefühl, er wäre aus Bierces Rachen gekommen. Dann folgte ein zweiter Schrei, und Kirk war sicher, daß es diesmal eine weibliche Stimme gewesen war.

Sie stürzten alle zur Tür hinaus. Draußen ließen Kirk und McCoy Bierce einfach stehen, denn obwohl sich Bierce zeit seines Lebens im Freien aufgehalten hatte, war er kein guter Läufer. Aber sie mußten sowieso nicht weit laufen. Jenseits des Kraterrandes stand Nancy, beide Fäuste auf den Mund gepreßt, über Darnells leblosen Körper gebeugt.

Als sie Nancy den Kraterrand heraufstürmen sah, ging sie auf McCoy zu, aber der beachtete sie gar nicht, sondern ließ sich neben dem Körper Darnells auf die Knie nieder. Darnell lag mit dem Gesicht nach unten auf dem Boden. Nachdem er den Puls gefühlt hatte, drehte McCoy Darnells Kopf auf die Seite, brummte etwas in sich hinein und drehte dann den Körper ganz herum.

Selbst Kirk sah jetzt, daß Darnell tot war. Sein ganzes Gesicht war mit kleinen, ringförmigen roten Flecken bedeckt, die langsam an Farbe verloren. »Was war das?« fragte Kirk kopfschüttelnd.

»Ich weiß es nicht. Sieht aus, als wären es Druckstellen von kleinen Saugnäpfen oder Schröpfköpfen, oder vielleicht eine Art von Immun. – He, was ist denn das?«

McCoy öffnete mühsam die zusammengeballte, verkrampfte Faust Darnells. Darin war ein verdrehtes runzliges Ding von unbestimmter Farbe, das einer vertrockneten Rübe glich. Es sah aus, als ob das eine Ende abgebissen worden wäre. Das – das war allerdings fast unglaublich. Kirk fuhr herum und wandte sich an Nancy.

»Was ist geschehen?« fragte er schneidend.

»Sprechen Sie nicht in diesem Ton mit meiner Frau«, schnarrte Bierce. »Sie kann ja nichts dafür!«

»Hören Sie, Bierce, einer meiner Männer ist tot. Ich beschuldige niemanden, aber sie ist die einzige, die dabei war.«

McCoy erhob sich. »Erzähl uns, was du gesehen hast, Nancy. Laß dir soviel Zeit, wie du willst. Schildere uns ganz genau, was du gesehen hast.«

»Es war gerade...«, sie schluckte. »...ich konnte Bob nicht finden, und... und ich wollte eben zurückgehen, da sah ich diesen Mann. Er hatte diese Borgia-Wurzel in der Hand und roch daran. Ich wollte ihm gerade zurufen, daß er um Gottes willen dem Ding nicht zu nahe kommen sollte, da biß er auch schon hinein. Ich hätte nie gedacht, daß er..., dann verzerrte sich sein Gesicht, und er fiel um und...«

Sie brach ab und schlug die Hände vors Gesicht. McCoy faßte sie sanft an der Schulter. Kirk, dem gerade nicht nach einer so zärtlichen Vertraulichkeit zumute war, sagte nur: »Wie konnten Sie sehen, was Darnell in der Hand hatte, wenn Sie kaum in Rufweite von ihm waren?«

»Was soll dieses Kreuzverhör?« bellte Bierce dazwischen.

»Bob, bitte. Natürlich wußte ich es nicht. Ich habe erst jetzt gesehen, was es war. Aber in einer fremden Welt ist es immer gefährlich, eine Pflanze auch nur anzufassen.«

Damit hatte sie sicher recht. Aber auch für Darnell durfte das keine Neuigkeit gewesen sein. Mit ausdruckslosem Gesicht sagte Kirk zu

McCoy: »Pack zusammen, Pille. Die Untersuchung können wir morgen zu Ende führen.«

»Ich bin sicher, daß das nicht nötig sein wird«, sagte Bierce. »Wenn Sie uns nur unsere Vorräte herunterschicken würden, Captain…«

»So einfach dürfte es wohl nicht sein, Dr. Bierce.« Kirk ließ seinen Kommunikator aufschnappen: »Kirk an Transporterraum. Strahlenfeld für den Transport aktivieren. Zwei Personen und eine Leiche. Wir kommen. Ende.«

Der geöffnete Körper Darnells lag zur Autopsie auf einem Operationstisch in der Krankenstation. Nicht einmal seine Mutter hätte ihn wiedererkannt, falls so ein Raumfahrerveteran, wie er es war, überhaupt noch eine gehabt hätte. Kirk stand neben dem Schaltpult für die Bordsprechanlage und mußte sich festhalten. Ihm wurde speiübel, als er sah, wie McCoy Darnells Gehirn in eine flache Schale legte und sich dann die Hände wusch, bis sie weiß wie Papier waren. Er hatte schon viele Körper in jedem nur möglichen Stadium der Zerstörung gesehen, aber diese klinische, saubere Schlächterei war ihm widerlich.

»Ich kann keine Spur von Gift entdecken«, sagte McCoy, und das klang endgültig. »Einige der bekanntesten wirken genauso schnell und lassen fast überhaupt keine Spuren zurück, Botulin zum Beispiel. Aber ich kann keine Spur von Holz oder einer ähnlichen organischen Substanz finden. Weder in seinem Magen noch zwischen seinen Zähnen. Alles, was ich sagen kann, ist, daß seine Kapillargefäße zerstört sind, und daran kann alles mögliche schuld sein – auch ein Schock – und dann diese Flecken auf seinem Gesicht.«

McCoy deckte den Leichnam, oder das, was von ihm übrig war, mit einer Plastikdecke zu. »Ich werde jetzt noch ein paar Blutuntersuchungen durchführen. Aber ich habe keine Ahnung, wonach ich eigentlich suchen soll. Ich wüßte auch gerne, welche Wirkungen diese sogenannte Borgia-Wurzel hervorruft. Solange ich das nicht weiß, tappe ich völlig im dunkeln.«

»Spock sucht schon in der Bibliothek danach«, sagte Kirk. »Er dürfte es sicher bald gefunden haben. Aber ich muß sagen, was du mir bis jetzt erzählt hast, hat mich nicht ganz überzeugt. Darnell war viel zu erfahren, um einfach in irgendein ihm unbekanntes Ding zu beißen, das er zufällig aufgelesen hatte.«

»Was bleibt uns also dann? – Nancy? Jim, in den letzten Jahren bin ich zwar ziemlich mißtrauisch geworden, aber zu einem Mord wäre sie wahrscheinlich nicht fähig – schon gar nicht an einem völlig Fremden. Sie hat doch überhaupt kein Motiv.«

»Nicht nur Menschen töten... Moment! Hier kommt der Bericht. Also, Mr. Spock?«

»Außer dem, was die beiden Bierces vor Jahren selbst über diese Borgia-Wurzel berichtet haben, ist keine andere Untersuchung da«, tönte Spocks gleichmäßig-präzise Stimme aus dem Lautsprecher. »Hier nennen sie sie eine Art Eisenhut und der Familie der Lilien nahestehend. Sie soll etwa zwanzig bis fünfzig Alkaloide enthalten. Mit ihrer Ausrüstung konnten sie die nicht so genau bestimmen. Die Wurzel ist für Mäuse giftig. Von Wirkungen auf Menschen steht nichts da. Mit Ausnahme von...«

»Von was?« fuhr McCoy ungeduldig dazwischen.

»Also, Dr. McCoy, es ist zwar kein Symptom, aber im Bericht ist angeführt, daß sie sehr angenehm riecht. Nicht sehr stark, das beeinträchtigt nicht ihre Eßbarkeit, so ähnlich wie Tapioca. Das ist alles.«

»Danke, Mr. Spock«, sagte Kirk und schaltete ab. »Pille, ich kann mir nicht vorstellen, daß Darnell so einfach in eine unbekannte Pflanze gebissen hat, nur weil sie nach Tapioca roch. Sie hätte meinetwegen wie ein mit Rum getränkter Pfirsich riechen können, er hätte es trotzdem sicher nicht getan. Dazu war er viel zu gewitzt.«

McCoy spreizte die Finger. »Jim, du kennst vielleicht deine Leute – aber wo führt uns das hin. Die Anzeichen deuten ganz entfernt auf eine solche Vergiftung hin. Außer dieser Tatsache wissen wir ja überhaupt nichts.«

»Nicht ganz; ich fürchte, wir müssen uns nochmals die beiden Bierces vornehmen, Pille. Und dazu brauche ich wieder deine Hilfe.«

McCoy drehte ihm den Rücken zu und fuhr fort, sich die Hände zu waschen. »Du kannst sie haben«, sagte er, aber seine Stimme klang sehr kalt.

Kirks Methode, sich die Bierces vorzunehmen, war einfach und drastisch: Er ließ sie an Bord beamen. Bierce tobte.

»Wenn Sie meinen, Sie können hier einfach zu uns kommen, uns belästigen, mich in meiner Arbeit stören – und Sie werden es nicht leugnen können, daß Sie auf meinem Planeten ein Eindringling sind und nichts verloren haben…«

»Ihre Beschwerde wird notiert«, sagte Kirk, »und ich entschuldige mich für die Unannehmlichkeiten, die ich Ihnen bereite. Aber auch Sie werden nicht leugnen, daß etwas mir Unbekanntes einen meiner Männer getötet hat und daß das auch eine Gefahr für Sie sein könnte.«

»Wir sind jetzt schon fast fünf Jahre hier. Wenn es irgendeine Gefahr für uns gäbe, würden wir sie schon längst kennen, oder?«

»Das muß nicht sein. Zwei Menschen allein können unmöglich einen ganzen Planeten in- und auswendig kennenlernen. Nicht in fünf Jahren und nicht in einem ganzen Leben. Auf jeden Fall gehört es zu den Aufgaben der *Enterprise*, menschliches Leben in Gegenden wie dieser zu beschützen. In diesem Fall müssen Sie sich meinen Argumenten beugen.«

Kurz nachdem die beiden Bierces an Bord gekommen waren, berichtete McCoy über weitere Ergebnisse seiner Untersuchung. »Es war ein Schock«, sagte er auf dem Bildschirm und sah Kirk grimmig an. »Eine besondere Art von Schock. Seine Blutelektrolyse ist vollkommen zerstört: totaler Mangel an Salz. Zum Teufel, ich habe kein Mikrogramm Salz in seinem ganzen Körper gefunden. Nicht im Blut, nicht in der Tränenflüssigkeit, in keinem Organ, nirgendwo. Ich kann nicht einmal vermuten, wie das zustande gekommen sein könnte – abgesehen davon, daß es sozusagen auf einen Schlag passiert sein muß.«

»Was ist mit den Flecken in seinem Gesicht?«

»Geplatzte Kapillargefäße. Hat er übrigens am ganzen Körper. Unter diesen Umständen ist das normal, aber ich kann mir nicht erklären, warum er sie hauptsächlich im Gesicht hat und warum sie ringförmig sind. Auf jeden Fall ist nun eindeutig bewiesen, daß er nicht vergiftet wurde. Er ist an etwas anderem gestorben.«

»Dann hatte also diese angebissene Wurzel mehr einen… einen kriminalistischen Sinn als einen pharmakologischen. Ein Täuschungsmanöver also. Das setzt eine gewisse Intelligenz voraus. – Ich könnte nicht behaupten, daß mir die Sache jetzt besser gefiele.«

»Mir auch nicht«, sagte McCoy und schlug die Augen nieder.

»In Ordnung. Wir dürfen jetzt mit den beiden Bierces keine Zeit verlieren. Das werde ich machen. Pille, ich weiß, das war eine ziemliche Anstrengung für dich, und du hast zwei Tage nicht geschlafen. Nimm ein Beruhigungsmittel und leg dich nieder.«

»Aber ich fühle mich ganz gut.«

»Das ist ein Befehl«, sagte Kirk und schaltete den Bildschirm ab. Er machte sich auf den Weg zu den Kabinen, die er den Bierces angewiesen hatte.

Aber nur Mr. Bierce war dort, Nancy fehlte.

»Ich glaube, sie ist wieder hinuntergegangen«, sagte Bierce gleichgültig. »Ich würde selbst gehen, wenn ich nur für zehn Sekunden an Ihren Transporter herankäme. Wir haben nicht darum gebeten, hier eingesperrt zu werden.«

»Darnell hat auch nicht darum gebeten, umgebracht zu werden. Ihre Frau kann in höchster Gefahr sein, und ich muß sagen, Sie tragen das mit einer bewundernswerten Gelassenheit.«

»Sie ist nicht in Gefahr. Die existiert nur in Ihrer Einbildung.«

»Darnells Leichnam ist wohl auch nur eine Einbildung?«

Bierce zuckte die Achseln. »Niemand weiß, was ihn getötet haben könnte. Ich weiß nur, daß Sie eine Bedrohung für mich sind.«

Mehr war aus ihm nicht herauszubekommen. Wütend ging Kirk wieder zurück auf die Brücke und befahl, im ganzen Schiff nach Nancy zu suchen. Das Ergebnis war negativ, einschließlich des Transporterraums, der meldete, daß niemand die Transportgeräte benutzt habe, seit sie zurückgekommen waren.

Nancy fanden sie zwar nicht, aber sie entdeckten etwas anderes: Mannschaftsmitglied Barnhart lag tot auf Deck zwölf. Sein Körper wies genau dieselben Merkmale auf wie der Darnells.

Verwirrt und wütend zugleich rief Kirk McCoy. »Es tut mir leid, daß ich dich aus dem Schlaf reiße, Pille, aber das geht zu weit. Ich möchte Bierce unter Pentathol ausfragen.«

»Äh«, sagte McCoy, und seine Stimme klang undeutlich, als ob er noch ganz unter dem Einfluß des Schlafmittels stünde, das er genommen hatte. »Pentathol. Wahrheitsdroge, Narcosynthese. Hm. Das braucht Zeit. Und wie sieht es mit seinen Rechten als Privatperson aus?«

»Er kann von mir aus danach eine Beschwerde einreichen. Jetzt geh und bereite ihn vor.«

Eine Stunde später lag Bierce im Halbtrance auf seinem Bett. Kirk beugte sich dicht über ihn. McCoy und Spock standen im Hintergrund.

»Wo ist Ihre Frau?«

»Weiß ich nicht... Arme Nancy, ich habe sie geliebt... Die letzte ihrer Art.«

»Erklären Sie das bitte.«

»Die Taube als Passagier... Der Büffel...« Bierce stöhnte.

»Mir ist so seltsam.«

Kirk nickte zu McCoy, der den Puls fühlte und ihm unter die Augenlider sah. »Ihm fehlt nichts«, sagte er. »Es geht ihm schon wieder besser.«

»Was ist mit dem Büffel?« fragte Kirk, und die Frage kam ihm etwas absurd vor.

»Millionen... die Prärien waren schwarz von ihren Körpern. Eine einzige Herde, so groß wie drei Staaten... wenn sie liefen... wie Donner. Jetzt ist alles verschwunden. Wie die Wesen hier.«

»Hier? Sie meinen auf diesem Planeten?«

»Auf dem Planeten. Ihre Tempel... große Poesie... Einmal waren es Millionen, und jetzt gibt es nur noch eins von ihnen. Nancy hat es gewußt.«

»Immer in der Vergangenheit«, murmelte Spock.

»Wo ist Nancy? Wo ist sie jetzt?«

»Tot. Begraben, auf dem Hügel. Es hat sie getötet.«

»Begraben! Aber wie lange ist das schon her?«

»Ein Jahr...«, sagte Bierce, »oder waren es zwei? Ich weiß es nicht. Es ist so verwirrend. Einmal Nancy und dann wieder nicht Nancy. Sie brauchten Salz, wissen Sie. Als das ausging, sind alle gestorben... alle bis auf eins.«

Diese Erklärung traf Kirk wie ein Schlag. Spock stellte die nächste Frage.

»Nimmt dieses Wesen die Gestalt Ihrer Frau an?«

»Nimmt Gestalt an... Es ist keine Maskerade«, stöhnte Bierce. »Es kann Nancy *sein.*«

»Oder auch jemand anderer?«

»Jeder Beliebige. Als es Nancy tötete, hätte ich es beinahe vernichtet. Aber ich konnte es nicht. Es war das letzte seiner Art.«

Diese Wiederholung verwirrte sie von Mal zu Mal mehr. Kirk fragte: »Ist das der einzige Grund, Bierce? Sagen Sie mir eins: Wenn es bei Ihnen ist, ist es dann immer Nancy?«

Bierce wand sich auf seinem Bett hin und her. Es kam keine Antwort. McCoy trat wieder zu ihm.

»Wenn ich du wäre, Jim, würde ich diese Antwort nicht aus ihm herauspressen wollen. Es wäre zum Schaden des Patienten.«

»Ich kann mir schon denken, was es sein würde«, sagte Kirk.

»Ich denke, wir sind hier in so eine Art privates Elysium eingedrungen. Dieses Wesen kann die Frau sein, die Geliebte, der beste Freund, ein Idol, Sklave, Weiser, ein Narr – jeder, den er sich wünscht. Ein wirklich großartiges Leben: Du kannst dir jeden aus dem ganzen Universum herbeizitieren und wieder wegschicken, wenn dir seine Anwesenheit nicht mehr paßt.«

»Eine Sackgasse, geradewegs in die Paranoia«, sagte Spock. Kirk wandte sich noch einmal an Bierce.

»Dann können Sie dieses Wesen jederzeit erkennen – gleichgültig, welche Gestalt es gerade angenommen hat?«

»Ja...«

»Wollen Sie uns helfen, es zu finden?«

»Nein.«

Kirk hatte nicht mehr erwartet. Er winkte McCoy. »Pille, ich muß das ganze Schiff auf den Kopf stellen lassen. Brich seinen Widerstand. Es ist mir egal, wie sehr du ihn dabei selbst in Gefahr bringst. In seinem jetzigen Zustand ist er für uns eine mindestens ebenso große Gefahr wie seine ›Frau‹. Spock, passen Sie auch auf, und zögern Sie nicht zu schießen, wenn er gewalttätig wird.«

Er verließ das Zimmer und eilte auf die Brücke, um Alarmstufe Drei zu geben. Das hieß, daß bewaffnete Wachen paarweise in jedem Korridor und auf jedem Deck patrouillierten. »Jeder soll sich seinen Kameraden genau ansehen«, rief er durch die Bordsprechanlage. »Eine fremde Person ist an Bord, die die Gestalt von jedem Beliebigen von uns annehmen kann. Leutnant Uhura, schalten Sie die Kameras und Monitoren auf Rundlauf zu allen Posten und Stationen. Wenn Sie ein und dieselbe Person an zwei verschiedenen Orten sehen, geben Sie Alarm. Verstanden?«

Ein Geräusch hinter seinem Rücken ließ ihn herumfahren. Es war Spock. Seine Uniform war zerrissen, und er atmete schwer.

»Spock! Ich dachte, ich sagte Ihnen... Was war los?«

»Es war McCoy«, sagte Spock unsicher. »Oder vielmehr es war nicht McCoy – es war *es.* Kaum waren Sie aus der Kabine, als es mich anfiel. Ich konnte mich befreien, aber mein Phaser ist weg. Keine Ahnung, wo es sich jetzt aufhält.«

»McCoy! Ich dachte schon, daß irgend etwas mit ihm nicht stimmte. Sein Zögern, als ich von der Pentathol-Behandlung sprach, und auch, wie er sich zu erinnern versuchte. Kein Wunder. Es gibt nur einen Ort, wo es jetzt hingegangen sein könnte: dorthin, wo es herkam.«

»Zurück auf den Planeten? Das ist unmöglich.«

»Nein, in McCoys Kabine.« Er wollte gerade losstürmen, als ihn Spock mit einer Handbewegung aufhielt.

»Wir schauen uns das lieber zuerst an, Captain. Vielleicht hat es ihn noch nicht getötet, und wenn wir es jetzt...«

»Sie haben recht, Spock.« Schnell suchte Kirk auf der Intercom-Skala nach McCoys Kabine. Nach einem kurzen Zögern schaltete er die Kamera ein, ohne daß das akustische Signal ertönte.

McCoy war da. Er war sogar zweimal da: Der eine lag im Bett und schlief, der andere war gerade zur Tür hereingekommen und sah sich in der Kabine um. Eben ging er vorwärts und blockierte einen Augenblick lang das Blickfeld der Kamera. Dann erschien er wieder auf dem Bildschirm. Aber es war nicht mehr McCoy – es war Nancy. Sie setzte sich auf den Bettrand und schüttelte den Schlafenden. Aber der wollte nicht aufwachen und murmelte nur etwas vor sich hin.

»Leonard«, sprach Nancys Stimme. »Ich bin's, Nancy. Wach auf, bitte. Du mußt mir helfen.«

Kirk war von der Vorstellung beeindruckt. Was er hier sah, war zweifellos ein fremdes Wesen, aber der Schrecken war echt. Höchstwahrscheinlich hatte es schreckliche Angst, und die menschliche Gestalt machte sie erst richtig offenbar.

Sie schüttelte McCoy wieder. Er blinzelte noch ganz betäubt und setzte sich dann auf.

»Nancy! Was ist? Wie lange habe ich denn geschlafen?«

»Hilf mir, Leonard.«

»Was ist denn los? Du hast ja Angst, du zitterst ja.«

»Ich habe furchtbare Angst. Hilf mir bitte. Sie wollen mich töten!«

»Wer? Beruhige dich. Niemand wird dir hier etwas tun.«

»Das reicht«, sagte Kirk, und unwillkürlich hatte er die Stimme gesenkt, obwohl ihn die zwei auf dem Bildschirm nicht hören konnten. »Glücklicherweise versucht es ihn zu überreden, anstatt ihn zu töten. Schauen wir, daß wir hinunterkommen, bevor es seine Meinung ändert.«

Ein paar Augenblicke später stürmten sie in McCoys Kabine. Der Arzt und die Frau drehten sich erschrocken nach ihnen um.

›Nancy‹ schrie auf. »Geh von ihr weg, Pille!« rief Kirk und hielt seine Pistole auf die Frau gerichtet.

»Was? Was ist denn mit euch los, Jim?«

»Pille. Das ist nicht Nancy.«

»Nicht? Natürlich ist sie es. Bist du irgendwie auf den Kopf gefallen?«

»Es hat zwei unserer Leute getötet.«

»Und Bierce«, warf Spock ein. Auch er hielt eine Pistole in der Hand.

»Es?«

»Ja, *es*«, sagte Kirk. »Ich werde es dir beweisen.« Er streckte seine freie Hand aus und öffnete sie. Auf der Handfläche lag ein Häufchen kleiner weißer Kristalle, das sich an den Rändern durch den Schweiß auf der Haut langsam auflöste.

»Schau her, Nancy«, sagte er. »Salz. Du kannst es haben. Reines konzentriertes Salz.«

Zögernd kam sie näher, dann blieb sie stehen.

»Leonard«, flehte sie leise, »schicke ihn fort. Wenn du mich liebst, dann mach, daß er geht.«

»Du kannst sagen, was du willst, Jim«, sagte McCoy mit leiserer Stimme. »Du benimmst dich hier wie ein Verrückter. Du jagst ihr Angst ein.«

»Nicht Angst, Pille, Hunger – schau doch zu!«

Wie hypnotisiert hatte die Kreatur einen weiteren Schritt vorwärts getan. Dann, ohne die geringste Vorwarnung, brach auf einmal so etwas wie ein Hurricane los. Kirk hatte einen Augenblick lang das Gefühl, als würde ein schwerer unförmiger Körper auf ihn stürzen, so groß etwa wie ein Mensch, aber doch ganz anders, er fühlte etwas wie Saugnäpfe, die nach seinem Gesicht griffen, dann gab es einen lauten Knall, und er stürzte.

Es dauerte eine Weile, bis Kirk und McCoy sich wieder erholt hatten, der Captain von der Gewalt des in seiner unmittelbaren Nähe abgefeuerten Phasers und der Doktor von dem Schock. Sie waren alle auf der Brücke versammelt. Hinter ihnen versank Bierces Planet in der Nacht des Universums.

»Das Salz war der Einfall«, sagte Spock. »Offenbar fiel dieses Wesen nur Menschen an, wenn es das reine Salz nicht anders bekommen konnte. So hat Bierce es auch in der Hand gehabt.«

»Ich glaube nicht, daß es allein am Salz gelegen hat, warum diese Wesen ausgestorben sind«, sagte Kirk. »Sie waren wahrscheinlich nicht intelligent genug. – Sie hätten ihre besonderen Vorzüge viel besser nützen können.«

»Sie hätten durchaus überleben können«, meinte Spock. »Wir haben ja auch Zähne und Klauen, aber wir zerreißen und zerfetzen damit heutzutage nicht mehr sehr viel.«

»Das kann schon gut möglich sein. Aber, da ist etwas, was ich immer noch nicht ganz verstehe. Wie konnte es zum ersten Mal in deine Kabine kommen, Pille? – Natürlich, wenn du nicht darüber sprechen willst...«

»Doch, es macht mir nichts aus. Ich komme mir zwar vor wie ein dreifacher Narr, aber es war ganz einfach. Sie kam herein, kurz nachdem ich die Schlaftablette genommen hatte und schon etwas benommen war. Sie sagte, sie liebte Bierce nicht mehr, und ich sollte sie zur Erde zurückbringen. Es... es war nicht gerade ein harmloser Flirt vorher... also damals. Und ich war wohl ziemlich leicht rumzukriegen, besonders, da die Wirkung des Schlafmittels schon eingesetzt hatte. Und später, als ich schon schlief, muß sie mir noch eine Dosis gegeben haben. Anders kann ich es mir gar nicht erklären, daß ich so lange geschlafen habe, den ganzen Alarm verschlafen – und alles andere. Es ist immer wieder dasselbe – man sollte sich nie mit Zivilisten einlassen.«

»Gar kein schlechter Grundsatz«, pflichtete Kirk bei. »Nur, es ist eben ein Unglück, daß man ohne sie nicht auskommt.«

»Da ist aber noch etwas, was ich nicht verstehe. Das Wesen und Bierce waren doch mit Spock allein in der Kabine, und was ich bei der Obduktion festgestellt habe, war, daß es mindestens doppelt so stark war wie irgendein normaler Mann. Wie sind Sie da überhaupt lebend herausgekommen, Mr. Spock? Sie haben nur ihren Phaser dabei verloren.«

Spock lächelte. »Glücklicherweise entstammen meine Vorfahren anderen Ozeanen als die Ihren, Dr. McCoy. Der Salzspiegel in meinem Blut und seine Zusammensetzung ist von dem Ihren verschieden. Ich war offenbar nicht schmackhaft genug.«

»Natürlich«, sagte McCoy und sah zu Kirk hinüber.

»Du bist nachdenklich geworden, Jim? Stimmt irgend etwas nicht?«

»Hmm?« sagte Kirk. »Was? O nein, ich dachte nur über die Büffel nach.«

Das Gleichgewicht des Schreckens

Als der Ausbruch der Romulaner seinen Ausgang nahm, stand Captain James Kirk in der Kapelle des Raumschiffs *Enterprise* und wartete auf das Brautpaar.

Er hätte es natürlich auch ablehnen können, die beiden zu trauen. Aber erstens war er der einzige an Bord des Raumschiffs, der eine solche Zeremonie vollziehen durfte – und noch einige mehr, von denen normale Zivilisten noch seltener betroffen werden, und zweitens gehörten die Brautleute zu seiner Mannschaft: Spezialist (Phaser) Robert Tomlinson und Spezialist 2. Kl. (Phaser) Angela Martine.

Es war ihm auch gar nicht in den Sinn gekommen, ihren Wunsch abzulehnen.

Mit ›relativistischer‹ oder ›Beinahe-Lichtgeschwindigkeit‹ von einem Planet zum anderen, von einem Sonnensystem zum anderen zu fliegen hieß, selbst im günstigsten Fall, sehr, sehr lange unterwegs zu sein. Nur einem Narren oder einer verknöcherten Feldwebelnatur würde es einfallen, unter diesen Umständen so elementare menschliche Beziehungen wie Liebe und gegenseitige Zuneigung zu mißachten. Kirk gehörte sicher nicht dazu.

Und wodurch könnte sich seine Funktion, und die der *Enterprise* an sich, deutlicher symbolisch ausdrücken als durch eine Vermählung. Eben wegen der ungeheuren Entfernungen und der dadurch bedingten Zeiteinbußen waren die großen, schnellen Raumschiffe wie die *Enterprise* die einzigen Bindeglieder zwischen zivilisierten Planeten. Selbst der interstellare Funk, der natürlich viel schneller war, unterlag mindestens zwölf verschiedenen Störeinflüssen und konnte weder Waren noch Wärme persönlicher menschlicher Kontakte befördern. Diese ›Sternenschiffe‹, wie sie genannt wurden, konnten das: Sie beförderten Proviant, ärztliche Hilfe, technisches Wissen, Nachrichten von zu Hause und vor allem: Es waren Menschen aus Fleisch und Blut, die mit ihnen zu Besuch kamen.

Aus demselben Grund gab es auch die kleine Kapelle an Bord der *Enterprise.* Irgend so eine Landratte hatte sie in der Hoffnung, sie könnte als Symbol für die friedliche Mission des Schiffes gelten, entworfen und einbauen lassen (oder wie es offiziell hieß, um ›alle Glaubensunterschiede auf allen Planeten miteinander zu versöhnen‹, ein Vorhaben, das schon auf einem Planeten so ziemlich unmöglich ist). Aus diesem Grund war sie auch so einfach wie möglich gehalten, man hatte auf jeden Zierat und jede Symbolik verzichtet und war in ihrer Ausgestaltung fast bis an die Grenze der Schmucklosigkeit, ja Kahlheit gegangen. Aber allein ihr Vorhandensein bewies, daß die im Innern raumsparend konstruierte *Enterprise* eine Welt für sich war, eine Welt, in der auch religiöse Empfindungen ihren Platz hatten.

Der Bräutigam war schon da, als Kirk eintrat, und auch ein halbes Dutzend von der Mannschaft, die sich mit gedämpfter Stimme unterhielten. Chefingenieur Scott installierte eine kleine Fernsehkamera, denn die Zeremonie sollte im ganzen Schiff übertragen werden, und natürlich auch nach draußen, zu allen Satellitenstationen in der neutralen Zone des Romulus-Remus-Systems. Scotty hätte diese Arbeit auch einem anderen aus seinem Stab übertragen können, aber daß er es selbst tat, lag wohl an seinem Sinn für die Feierlichkeit und Einmaligkeit des Augenblicks – und gewissermaßen war dies sein Hochzeitsgeschenk für das junge Paar. Kirk grinste. Auf dem ganzen Schiff war heute die Luft verdammt symbolträchtig.

»Alles fertig, Scotty?«

»Von mir aus schon, für den Bräutigam kann ich natürlich nicht sprechen, Sir, aber alles andere dürfte bereit sein.«

»Sehr gut.«

Das Lächeln auf Kirks Gesicht verschwand, als er an das Gebilde trat, das man eigentlich kaum Altar nennen konnte. Es bedrückte ihn etwas – nicht gerade schwer, aber er hatte so ein ungutes Gefühl dabei, weil er diese Feier so nahe an der neutralen Zone durchführte. Die Romulaner waren einst ihre mächtigsten Feinde gewesen. Aber seit vor etwa fünfzig Jahren diese neutrale Zone um ihr System geschlossen wurde, hatte man nicht mehr das geringste von ihnen gehört. Und selbst wenn sie unter dieser schützenden Decke wieder einen neuen Giftbrei auskochten, warum sollten sie sich gerade den heutigen Tag dazu aussuchen und es mit einem schwer bewaffneten Sternschiff vor ihrer Haustür anlegen?

Scotty war mit der Kamera fertig und strich sich noch einmal selbstbewußt übers Haar – er hatte schließlich die ehrenvolle Aufgabe übernommen, dem Bräutigam die Braut zuzuführen. Aus den Lautsprechern des Intercom ertönte leise Musik – Kirk vermutete, daß es irgendeine Volksweise war. Er wußte es nicht, denn er hatte überhaupt kein Gehör für Musik. Und dann kam Angela, begleitet von ihrer Brautjungfer Bootsmann Janice Rand. Scott bot ihr galant seinen Arm. Tomlinson und sein bester Mann standen schon in Positur, und Kirk räusperte sich dezent probeweise.

In diesem Augenblick gab die Brücke Alarm, im gesamten Schiff heulten die Sirenen auf. Angela wurde bleich. Sie war noch nicht lange auf der *Enterprise* und hatte wahrscheinlich diesen durchdringenden jaulenden Ton noch nie gehört. Aber sie wußte, was er bedeutete. Das Heulen erstarb, und Leutnant Uhuras Stimme tönte aus den Bordlautsprechern: »Captain Kirk, sofort auf die Brücke! Captain Kirk, sofort auf die Brücke!«

Aber der ›Pfarrer‹ war schon zur Tür hinaus und eilte mit Riesensätzen in Richtung Kommandozentrale.

Spock, der Erste Offizier, stand neben Leutnant Uhuras Pult, als Kirk und sein Ingenieur auf die Brücke stürzten. Spock entstammte der Verbindung einer irdischen Mutter und einem Mann des Planeten Vulkan, der nichts mit unserem Sonnensystem zu tun hat, sondern zu Ho Eridani gehört. Irdisch-menschliche Gefühlsregungen oder gar -ausbrüche waren ihm völlig fremd. Und auch Leutnant Uhura war wie alle Bantufrauen erzogen, keine Gefühle zu zeigen. Trotzdem lag eine fühlbare Spannung in der Luft. Kirk fragte: »Was ist los?«

»Es ist Kommandant Hansen vom Außensatelliten Vier-Null-Zwo-Drei«, berichtete Spock kurz. »Sie haben deutlich die Signale eines Eindringlings in die neutrale Zone aufgefangen.«

»Identität?«

»Noch nicht festgestellt, aber es scheint ein modernes Schiff zu sein. Offenbar keines von den Romulanern.«

»Entschuldigen Sie, Mr. Spock«, sagte eine Stimme aus dem Lautsprecher, »ich kann Ihre Gespräche mithören. Wir haben es jetzt auf dem Bildschirm. Das Schiff ist modern – aber die Hoheitszeichen sind die der Romulaner.«

Kirk beugte sich vor und nahm das Mikrofon. »Hier Captain Kirk. Haben Sie es angerufen, Hansen?«

»Selbstverständlich, aber sie geben keine Antwort. Können Sie uns Rückendeckung geben, Captain? Ihr seid das einzige Sternenschiff in diesem Sektor.«

»Aber selbstverständlich.«

»Wir haben es deutlich sichtbar auf dem Schirm, die Koordinaten sind...« Hansens Stimme brach ab. Nach einer Sekunde fuhr er fort: »Tut mir leid, wir haben es in dem Moment verloren. Es ist plötzlich von unseren Monitoren verschwunden.«

»Übertragt uns bitte zur Kontrolle euer Monitorbild. Leutnant Uhura, schalten Sie es auf den großen Bildschirm über der Brücke.«

Einen Augenblick lang war nichts zu sehen, außer einigen Sternen, die sich vor einem nebelhaften Hintergrund abhoben. Dann plötzlich tauchte das fremde Schiff wieder auf. Auf den ersten Blick sah es aus wie ein Sternenschiff der gleichen Klasse wie die *Enterprise*. Eine nach oben und unten stark gewölbte Scheibe, die sich auf dem Bildschirm rasch näherte – in Wirklichkeit natürlich dem Satelliten und nicht der *Enterprise*. Da sie keine genauen Entfernungsangaben hatten, konnten sie seine Größe unmöglich schätzen.

»Leutnant Uhura, können Sie das Bild vergrößern?«

Der Fremde schien immer rascher näherzukommen. Scott deutete stumm auf eine bestimmte Stelle des Schiffs, und Kirk nickte. Bei dieser Vergrößerung waren die Streifen auf der Unterseite des Schiffs nicht zu übersehen: Breite Schatten ließen die Umrisse eines Falken mit halbausgebreiteten Schwingen erkennen. Eindeutig Romulaner.

Von S-4023 sagte Hansens Stimme aufgeregt. »Ich hab' es wieder! Captain Kirk, können Sie es sehen...«

»Wir sehen es auch.«

Aber während er noch sprach, wurde der Bildschirm plötzlich weiß und dann dunkel, als Uhura hastig die Helligkeit regulierte. Kirk beugte sich gespannt vor.

Das fremde Schiff hatte von seiner Unterseite eine Art Lichttorpedo abgeschossen, um seinen Gegner zu blenden. Das Schiff selbst bewegte sich mit einer so eigentümlichen Leichtigkeit, als würde es mit Lichtgeschwindigkeit in einem ganz anderen Raum fliegen und hinterhältig auf etwas warten. Das Licht schwoll durch die Kameralinsen von S-4023 zu schmerzhafter Helligkeit an, und fast sah es aus, als würde es die *Enterprise* mitverschlingen.

»Sie haben das Feuer eröffnet!« rief Hansen. »Unser Bildschirm ist ausgefallen, wir...«

Der Bildschirm der *Enterprise* erlosch, und im Kontrollraum verbreitete sich bedrückende Dunkelheit. Aus den Lautsprechern drangen noch einige verzerrte, verzweifelte Schreie, dann verstummten auch sie.

»Auf Gefechtsstation«, sagte Kirk sehr ruhig. »Höchste Alarmstufe, Leutnant Uhura. Mr. Spock, volle Kraft voraus auf Abfangkurs.«

Kein Mensch hatte je einen lebenden Romulaner gesehen. Und es war auch ziemlich sicher, daß sie sich selbst nicht so nannten. Nach den bruchstückhaften Tatsachen zu schließen, die man über sie aus den Trümmern ihrer Raumschiffe zusammengetragen hatte, als sie vor gut fünfundsiebzig Jahren einen blutigen Ausbruchsversuch aus ihrem Romulus-System unternahmen und dabei entscheidend geschlagen wurden, vermutete man, daß sie nicht einmal von diesem Planeten stammten. Und abgesehen davon hatte ja jede Rasse ihre eigene Nomenklatur, die nicht unbedingt irdischen Maßstäben folgen mußte. Einige wenige verbrannte Körper, die nach den Gefechten geborgen wurden, erbrachten den Beweis, daß sie menschenähnlich waren, aber mehr vom falkenähnlichen Vulkan-Typ als vom anthropoiden irdischen. Fachleute hatten die These aufgestellt, daß sie irgendwann einmal im Zuge einer größeren Völkerwanderung als Splittergruppe von ihren weniger martialischen Stammesgenossen verstoßen wurden. Sie ließen sich auf Romulus und Remus nieder, zwei Planeten, die um eine winzige weiße Zwergsonne kreisten und von allen Stämmen gemieden wurden, die ein entbehrungsreiches Leben nicht gerade um seiner selbst willen liebten.

Aber wie gesagt, das waren alles nur Vermutungen, die weder durch die Geschichte noch durch irgendwelche Forschungsergebnisse erhärtet werden konnten. Auf Vulkan, der zur Föderation gehörte, behauptete man, die Romulaner auch nicht zu kennen. Nie hatte sich einer von ihnen gefangennehmen lassen – Selbstmord gehörte in solchen Fällen wahrscheinlich zu ihrem Ehrenkodex –, nie hatten sie selbst Gefangene gemacht. Was als gesichert gelten konnte, war nur, daß die Romulaner, und zwar aus keinem erkennbaren Anlaß, aus ihrem winzigen, verrückten Planetensystem ausgebrochen waren, und dieser Ausbruch erfolgte wie eine Explosion. In ihren plumpen, zylindrischen Raumschiffen waren sie zwar nicht viel mehr als Tontauben für die Flotte der Föderation, aber es dauerte doch fünfundzwanzig Jahre, bis man sie wieder in ihr Planetensystem zurückgedrängt hatte. Fünfundzwanzig Jahre Tod und gnadenloses Gemetzel auf beiden Seiten.

Daraufhin wurde eben diese neutrale Zone mit ihrem Ring von Beobachtungssatelliten geschaffen. Jahrelang wurden sie mit äußerster Wachsamkeit kontrolliert. Aber nichts, nicht ein Piepser, geschweige denn ein Schiff drang aus dem System. Vielleicht leckten sie noch immer ihre Wunden und versuchten, die Schmach ihrer Niederlage zu verwinden, oder sie vervollkommneten ihre Waffen. Vielleicht hatten sie aber auch ihre Lektion gelernt und aufgegeben, waren einfach müde, dem inneren Verfall preisgegeben...

Alles Vermutungen. Nur eins war jetzt sicher: Heute hatten sie sich wieder herausgewagt – zumindest ein Schiff.

Die Mannschaft der *Enterprise* ging mit einer Schnelligkeit und Selbstverständlichkeit auf ihre Gefechtsstationen, daß kein Außenstehender geglaubt hätte, wenn man ihm gesagt hätte, daß kaum eins der Besatzungsmitglieder eine Laserkanone im Gefecht hatte aufbrüllen hören. Selbst die beiden Brautleute, deren Glück so grausam vereitelt worden war, saßen in der vorderen Phaserkonsole auf ihren Plätzen, bereit, Tod und Zerstörung zu verbreiten, sie, die noch vor ein paar Minuten versichern wollten, ein Leben in Frieden und Eintracht zu führen und neues Leben zu schenken.

Aber vorläufig gab es noch nichts, worauf man feuern konnte. Kirk saß in seinem Kommandosessel, Spock und Scott rechts und links von ihm. Sulu steuerte, Zweiter Offizier Stiles gab die Kommandos für die Navigation, und Leutnant Uhura überwachte wie immer den Funkverkehr.

»Keine Antwort mehr von den Satelliten Vier-Null-Zwo-Drei, Zwo-Vier oder Zwo-Fünf«, sagte sie. »Auch keine Anzeichen, daß sie noch in ihrer Umlaufbahn sind. Die übrigen Außenposten sind auf ihren Positionen. Kein Schiff in Sicht. Sensoraufzeichnung normal. Neutrale Zone. Punkt Null.«

»Sagen Sie ihnen, sie sollen verflucht aufpassen und jede geringste Abweichung melden.«

»Jawohl, Sir.«

»Wir erreichen jetzt die Position von Vier-Null-Zwo-Drei«, sagte Sulu.

»Leutnant Uhura?«

»Nichts, Sir. Geringfügiges Echo. Ich sehe Trümmer, Gas, Bruchstücke – metallisch, von Molekülgröße, sie breiten sich aus. Wir befinden uns genau an der Stelle, wo der Satellit sein sollte. Ich werde es vom Computer nachrechnen lassen, aber...«

»Es besteht also kein Zweifel«, sagte Kirk mit schwerer Stimme. »Jetzt schlagen sie etwas besser zu als vor fünfzig Jahren – irgendwie wundert mich das gar nicht.«

»Aber was für eine Waffe war das?« flüsterte Stiles.

»Das werden wir untersuchen«, sagte Kirk. »Mr. Spock, lassen Sie eine Sonde ausfahren und fangen sie ein paar von diesen Trümmern ein. Ich möchte eine komplette Analyse – Spektrum, radiologische und molekular-chemische Untersuchungen. Wir wissen, woraus die Hülle des Satelliten bestand, ich möchte wissen, was daraus geworden ist – und dann soll das Labor herausfinden, wodurch es so wurde – verstanden?«

»Selbstverständlich, Sir.« Bei jedem anderen wäre das Prahlerei gewesen und hätte sogar etwas beleidigend geklungen. Bei Spock war das eine Feststellung, auf die man sich verlassen konnte, und er gab auch schon seine Anweisungen über Intercom ans Labor weiter.

»Captain«, sagte Uhura. Ihre Stimme klang verwirrt.

»Was ist?«

»Ich habe hier etwas aufgefangen. Eine Masse, die sich bewegt, mehr nicht, sie scheint völlig formlos. Auf dem Bildschirm und im Radar ist sie nicht zu registrieren. Auch keine Strahlung. Nur am Computer – eine De-Broglie-Transformation. Es könnte sehr klein sein und nahe oder sehr groß und diffus und weit weg – wie ein Komet. Aber so hundertprozentig passen die Daten eben auf keins von alledem.«

»Navigator?« sagte Kirk.

»Es gibt hier einen kalten Kometen in der Nähe, gehört zum Romulus-Remus-System«, antwortete Stiles prompt. »973 Galaxis Ost, Entfernung eins-Punkt-drei Lichtstunden. Kurs konvergiert etwas...«

»Den habe ich schon lange aufgefangen«, sagte Uhura kopfschüttelnd. »Das hier ist etwas anderes. Seine relative Geschwindigkeit zu unserer ist halbe Lichtgeschwindigkeit in Richtung neutrale Zone. Es ist irgendein elektromagnetisches Feld... aber keins, das ich kenne. Ich bin sicher, daß es nicht natürlich ist.«

»Ist es auch nicht«, sagte Spock ungerührt. Er hätte genausogut übers Wetter reden können, wenn es hier draußen etwas Ähnliches gegeben hätte. »Es ist ein Tarnschild – sie machen sich unsichtbar.«

Stiles schnaubte ungläubig, aber Kirk kannte seinen Halb-Vulkanier besser. Sein Erster Offizier hatte noch nie so nüchterne Feststellungen getroffen, ohne sie auch beweisen zu können. Nach unseren irdischen Maßstäben war er zwar etwas ungewöhnlich, aber er hatte einen Verstand wie ein Seziermesser. »Erklären Sie das«, sagte Kirk.

»Die Kurspunkte des Schiffes, das den letzten Satelliten angegriffen hat«, sagte Spock. »Nicht den, dessen Kurs wir jetzt kreuzen, sondern Vier-Null-Zwo-Fünf. Die Umlaufbahn entspricht einem Hohmann-D mit bestimmtem Abstand zu Romulus. Der Computer hat das gezeigt.«

»Leutnant Uhura?«

»Stimmt«, sagte sie etwas zögernd.

»Zweitens: Kommandant Hansen hat den Feind aus den Augen verloren, als er direkt vor ihm war. Und er wurde erst wieder sichtbar, als er angriff. Dann verschwand er wieder. Und seitdem haben wir ihn nicht mehr gesehen. Und drittens: Theoretisch ist so etwas möglich – für ein Schiff von der Größe der *Enterprise.* Wenn man die ganze

Energie des Schiffes dazu benutzt. Wenn sie dann natürlich feuern wollen, also Phaserkanonen oder irgend etwas Ähnliches, dann müssen sie wieder sichtbar werden.«

»Und viertens – Unsinn«, sagte Stiles.

»Nicht ganz, Mr. Stiles«, sagte Kirk nachdenklich. »Das könnte erklären, warum dieses Schiff direkt vor unserer Nase durch die neutrale Zone schlüpfen konnte. Die Romulaner denken vielleicht, sie könnten es jetzt wieder versuchen – und haben eine Probe aufs Exempel gemacht.«

»Eine sehr lange und sehr logische Kette von Überlegungen, Sir«, sagte Stiles betont höflich.

»Ich weiß, aber im Moment können wir uns auf nichts als Vermutungen stützen. Mr. Sulu, richten Sie sich mit Kurs und Geschwindigkeit genau nach den Daten von Leutnant Uhuras Computer. Und folgen Sie allen seinen Richtungsänderungen. Aber auf keinen Fall in die neutrale Zone – wenn ich es nicht ausdrücklich befehle, Leutnant Uhura, suchen Sie den ganzen Frequenzbereich nach einer Trägerwelle ab, nach einem Maschinengeräusch oder irgend etwas Ähnlichem, außer dieser De-Broglie-Wellenfront. Und geben Sie besonders acht, ob Sie nicht irgendeinen Schnickschnack zwischen dem Schiff und Romulus auffangen können. Mr. Spock, Mr. Scott, wir gehen sofort in die Bibliothek. Ich möchte nachsehen, was wir alles über die Romulaner wissen. Und ich hätte auch gerne Dr. McCoy dabei. Noch irgendwelche Fragen? – Also los!«

Die Unterredung in der Bibliothek war noch in vollem Gange, als Spock ins Laboratorium gerufen wurde. Kaum war er weg, wurde die Atmosphäre viel direkter, persönlicher. Weder Scott noch McCoy mochten den Vulkanier, und sogar Kirk, so sehr er seinen ›Ersten‹ schätzte, fühlte sich in seiner Gegenwart unbehaglich.

»Möchtest du, daß ich auch gehe, Jim«, fragte McCoy. »Ich glaube, du könntest etwas Zeit zum Nachdenken brauchen.«

»Ich glaube, Pille, wenn du hier bist, denkt sich's leichter. Sie auch, Scotty. Das ist nämlich jetzt das Entscheidende. Überlegt doch, fast die halbe Föderation hat hier in dieser neutralen Zone Patrouillen. Wenn wir jetzt mit einem Sternenschiff ohne zwingenden Grund in die neutrale Zone eindringen, haben wir mehr auf dem Hals als nur die Romulaner. So brechen nämlich die meisten Bürgerkriege aus.«

»Aber sind denn diese drei zerstörten Satelliten nicht Grund genug?« fragte Scott.

»Für mich schon, aber kannst du mir genau sagen, was oder wer sie vernichtet hat? Wir sagen ein Schiff von Romulus – aber können wir es beweisen? Nein, müssen wir zugeben. Das Ding ist nämlich unsichtbar. Sogar Stiles lacht darüber – und er ist einer von uns. Die Romulaner sind uns technisch weit überlegen. Seit wir das letzte Mal mit ihnen Kontakt hatten, haben sie offenbar eine Menge dazugelernt. In diesem Krieg kamen sie auch nur deswegen so weit, weil sie das Überraschungsmoment auf ihrer Seite hatten, und ihre fürchterliche Wildheit. Jetzt, auf einmal, haben sie ein Schiff, das unserem mindestens gleichwertig ist und darüber hinaus über einen Tarnschirm verfügt. Eine unglaubliche Entwicklung.

Andererseits, meine Herren... nun, wir sitzen hier und reden über die Sache, und sie können uns in der Zwischenzeit ohne weiteres vom Himmel blasen. Das ist genau die Situation, in der im Handumdrehen ein wirklich ernsthafter Konflikt entstehen könnte. Wir stecken in der Klemme, wenn wir eingreifen – und genauso, wenn wir's nicht tun.«

Die Tür zum Aufzug öffnete sich. Spock kam zurück. »Sir...«

»Nun, Mr. Spock. Schießen Sie los.«

Er trug einen Stoß Notizen, die auf einer Tafel festgeklemmt waren, unterm Arm. Seine andere Hand war frei, aber sie war zur Faust geballt. Auf dem knochigen Vulkanier-Gesicht war keine Regung zu erkennen, aber seine ganze Haltung kündigte eine besondere Spannung an.

»Hier ist die Analyse«, sagte er mit seiner fast unmenschlich monotonen Stimme. »Ich werde die Details vorläufig weglassen, es sei denn, Sie haben spezielle Fragen. Worauf es ankommt, ist, daß die Romulaner bei dem Angriff auf S-4023 ein molekulares Implosionsfeld benutzt haben.«

»Was heißt das?« knurrte McCoy.

Spock wischte mit der rechten Faust über die Tischplatte. Die Knöchel und Sehnen bewegten sich, seine Hand öffnete sich, und ein feiner metallischer Glanz glitt über den Tisch.

»Es ermüdet das Metall«, sagte er, »und zwar sehr rasch. Die Metallgitter verlieren ihren Zusammenhalt und zerfallen zu Staub – wie das da. Danach wird alles frei, was in dem Metall sonst noch enthalten war, und explodiert, weil es keinen Halt mehr hat. Ich nehme an, Dr. McCoy, das ist klar genug. Wenn nicht, werde ich versuchen, es nochmals zu erklären.«

»Verdammt, Spock...«

»Laß es, Pille«, sagte Kirk müde. »Mr. Spock, setzen Sie sich. Wir können es uns kaum leisten, uns hier gegenseitig an die Gurgel zu fahren. – Wir sind wahrscheinlich schlimmer dran, als wir angenommen haben. Wenn wir den Tatsachen trauen können, haben die Romulaner erstens einen brauchbaren Tarnschirm und zweitens eine Waffe, die auf jeden Fall mit den unseren konkurrieren kann.«

»Die uns um ein Vielfaches überlegen ist«, sagte Spock sarkastisch. »Jedenfalls in einigen Situationen.«

»Aber diese beiden technischen ›Spielereien‹ existieren doch möglicherweise nur in der Einbildung von Mr: Spock, Jim. Und wir lassen uns durch seine Interpretation in Panik versetzen.«

»Im Augenblick ist es uns unmöglich, die Tatsachen anders zu interpretieren, Pille. – Gibt es noch irgendeine Frage dazu? Also gut. Dann überlegen wir uns mal, was wir daraus für unsere Situation am besten machen. Scotty, was können wir dagegen auffahren, vorausgesetzt, die Romulaner verfügen tatsächlich über diese technischen ›Spielereien‹. Einen unsichtbaren Gegner können wir nicht anvisieren, das ist klar – und wir können auch keinem unsichtbaren Schützen ausweichen. Also? –«

»Wir sind voll bewaffnet, schnell und manövrierfähig«, sagte der Ingenieur. »Und die Romulaner sind gar nicht so unsichtbar; wenn sie sich bewegen, kann Leutnant Uhura sofort ihre De-Broglie-Wellen auffangen. Ich glaube, sie müssen ihre Reaktoren mit äußerster Kraft laufen lassen, wenn sie unsichtbar bleiben und trotzdem fliegen wollen. So sind wir ihnen hinsichtlich der Geschwindigkeit sicher überlegen, und ich glaube, die wissen gar nicht, daß unsere Sensoren sie registrieren können.«

»Das heißt also, wir könnten sie einholen und – wenigstens ungefähr – beobachten, was sie tun. Aber wir können sie nicht sehen – oder gar mit einer Salve außer Gefecht setzen.«

»Im Moment sieht es zwar so aus«, sagte Scott, »aber ich glaube doch, daß die Lage einigermaßen ausgeglichen ist. Und ich glaube, das ist mehr Glück, als die meisten zu Beginn einer Schlacht zu erhoffen wagen.«

»Das ist noch nicht der Beginn einer Schlacht«, sagte Kirk, »noch nicht einmal ein Geplänkel. Das ist der schmale Grat über dem Abgrund eines interstellaren Krieges. Wir dürfen nicht den geringsten Fehler machen.«

»Sir, mit den Beweisen, die wir jetzt in der Hand haben, könnten wir gar nicht mehr im Recht sein«, sagte Spock.

McCoy verzog das Gesicht. »Sie sind so verdammt sicher.«

Ein kurzes Pfeifen aus dem Intercom ließ ihn aufhorchen. In die erwartungsvolle Stille tönte Leutnant Uhuras Stimme:

»Captain Kirk.«

»Schießen Sie los, Leutnant.« Seine Handflächen waren feucht.

»Ich habe das Schiff wieder. Ich kann es noch nicht sehen, aber ich höre Stimmen.«

Dieses Mal rannte sogar McCoy mit ihnen auf die Brücke. Aus dem Hauptlautsprecher kam ein fremdartiges, seltsam gedämpftes Gebrabbel. Es wurde stärker und schwächer, oft von einem statischen Feld überlagert, aber immer unverständlich, selbst wenn der Empfang am besten war. Die Stimmen klangen rauh und hatten kaum etwas mit menschlichen Stimmen zu tun. Aber das ist wohl ein Effekt, den jede fremde, selbst menschliche Sprache hervorbringt.

Die Bantufrau hatte für nichts anderes Augen und Ohren als für ihre Instrumente und Skalen. Mit größtem Fingerspitzengefühl drehte sie die Skalenknöpfe und verfolgte die Stimmen, wenn sie schwächer wurden oder ganz zu verschwinden drohten. Neben ihrem linken Ellbogen lief ein Tonband und nahm die Geräusche auf. Für spätere Analysen würde es sicher von größter Wichtigkeit sein.

»Es scheint aus ihrem eigenen Intercom zu kommen«, sprach sie durchs Mikrofon aufs Tonband. »Das Signal ist sehr schwach, aber die Impedanz ist sehr groß. Stoßmodulation. Es wäre ganz interessant, herauszufinden, welche Art von Feld diese Signale befördert und welches Spektrum – oh, verdammt – nein – da ist es wieder. Scotty, bist du das, der mir dauernd in den Nacken bläst?«

»Selbstverständlich, Schatz. Soll ich dir helfen?«

»Laß den Computer dieses unstabile Feld berechnen, vielleicht können wir sie dann festnageln. Vielleicht bekomme ich dann sogar ein Bild. – Meine Handgelenke tun mir schon weh.«

Scottys Finger flogen über die Schaltkonsole des Computers. Und wirklich, kurz darauf blieben Lautstärke und Schärfe des Empfangs konstant. Leutnant Uhura lehnte sich mit einem Seufzer zurück und streckte die Arme aus. Aber sie sah trotzdem sehr erschöpft aus.

»Leutnant«, sagte Kirk, »glauben Sie tatsächlich, daß Sie hier auch ein Bild bekommen werden?«

»Ich kann mir nicht vorstellen, warum das nicht gehen sollte«, sagte sie und beugte sich wieder über ihr Pult. »Dieses Loch ist so groß, daß man mit einigem Glück ganze Felsen durchschleusen könnte. Sie haben zwar das allgemein sichtbare Spektrum blockiert, aber sie haben noch genug andere Fenster offengelassen. Wir sollten es jedenfalls versuchen...«

Eine Zeitlang geschah gar nichts. Stiles trat vor und löste Scott am Computer ab. Vorsichtig und ziemlich auffällig machte er einen Bogen um Spock. Der schien es nicht zu bemerken.

»Das ist doch seltsam«, sagte McCoy, mehr zu sich selbst. »Diese Kerle waren doch ein gutes Jahrhundert im Rückstand, als wir sie damals wieder in ihre Hundehütten zurückgetrieben haben. Aber jetzt haben sie ein Schiff, das fast so gut ist wie unseres und sogar auch noch so aussieht. Und die Waffen...«

»Dr. McCoy, seien Sie bitte einen Moment still«, rief Leutnant Uhura, »ich bekomme gerade etwas Neues herein.«

»Sulu«, sagte Kirk, »haben Sie Ihren Kurs geändert?«

»Nein, Sir. Sie sind immer noch auf dem Rückflug.«

»Heureka!« rief Leutnant Uhura triumphierend. »Da ist es!«

Der Hauptbildschirm leuchtete wieder auf. Offenbar zeigte das Bild, so vermutete Kirk, den Kontrollraum des feindlichen Schiffes. Das war an sich ungewöhnlich, denn auch die *Enterprise* hatte zwar überall an Bord Kameras, aber keine auf der Brücke – denn wer sollte dem Captain über die Schulter schauen müssen?

Drei Romulaner saßen in einer Reihe nebeneinander in dem Raum.

Das Licht der Monitoren über ihnen spiegelte sich in ihren Gesichtern. Sie sahen aus wie Menschen, oder fast so. Hagere Männer mit mandelfarbenen Gesichtern in Uniform mit einem Wolfskopf-Emblem. Der rötliche Farbton ihrer Umgebung schien ihre Ruhe und Gelassenheit noch zu unterstreichen. Ihre Köpfe steckten in schweren Helmen.

Im Vordergrund hantierte ein Mann, der offenbar der Kommandant war, an einem cockpitähnlichen Gehäuse. Verglichen mit der Brücke der *Enterprise* sah dieser Kontrollraum fast wie ein Trödlerladen aus. Zahllose schwere Kabel wanden sich in Reichweite über ihre Köpfe hinweg.

Das alles wurde in einem Augenblick registriert – und wieder vergessen. Kirks Interesse galt plötzlich einzig und allein dem Kommandanten. Seine Uniform war weiß und wies seltsamerweise überhaupt keine Rangabzeichen auf. Und er trug auch keinen Helm. In seiner ganzen Statur, Haltung, Hautfarbe, ja sogar in der Ausbildung seiner Ohren war er das genaue Ebenbild Spocks.

Ohne vom Bildschirm wegzusehen, merkte Kirk, wie alle den Halb-Vulkanier anstarrten. Ein langes Schweigen setzte ein. Nur das Gesumm aus dem Maschinenraum und das Gebrabbel der Romulaner war zu hören. Dann sagte Stiles offenbar zu sich selbst: »Jetzt wissen wir es also. Dieses Schiff – die Baupläne, haben sie von Spionen bekommen. Das könnte jeder gewesen sein – oder fast jeder.«

Kirk nahm zunächst keine Notiz von der Bemerkung. Vielleicht war sie tatsächlich nur für seine Ohren bestimmt – oder für niemanden. Bis auf weiteres wollte er das auf jeden Fall annehmen. Er sagte: »Leutnant Uhura, ich möchte, daß ein paar Linguisten und Kryptographen sich dieses Tonband vornehmen. Wenn wir –«

Stiles sagte wieder etwas, nicht deutlich, aber etwas lauter als vorhin. Er durfte ihn jetzt nicht mehr überhören.

»Mr. Stiles, ich habe das nicht genau verstanden.«

»Oh, ich habe nur mit mir selbst gesprochen, Sir.«

»Dann sagen Sie's noch mal. Ich möchte es auch hören.«

»Ich wollte nicht…«

»Wiederholen Sie es bitte«, befahl Kirk und betonte jede Silbe einzeln. Alle Augen, mit Ausnahme von Spocks, waren jetzt auf Kirk und

Stiles gerichtet. Die Vorgänge auf dem Bildschirm hatten jegliches Interesse für sie verloren.

»Also, wenn Sie besonderen Wert darauf legen«, sagte Stiles mürrisch. »Ich dachte nur, daß uns das Mr. Spock vielleicht schneller übersetzen könnte als der Computer. Diese Burschen scheinen ja von seinem Volk zu sein. Sie brauchen sie doch nur anzusehen. Es ist ganz offensichtlich.«

»Soll das eine Anklage sein?«

Stiles holte tief Luft. »Nein, Sir«, sagte er beherrscht. »Es ist nur eine Beobachtung. Ich wollte sie auch niemandem mitteilen. Wenn Sie ihr keine besondere Bedeutung zumessen, werde ich sie wieder zurücknehmen. Aber ich glaube, die meisten von uns sind zu demselben Ergebnis gelangt.«

»Mr. Stiles, das ist eine ziemlich schlechte Ausrede, und mich überzeugt sie in keiner Weise. Aber da Sie dieses Problem berührt haben, wollen wir ihm auch nachgehen. Mr. Spock, verstehen Sie die Sprache, die diese Leute sprechen? Sosehr ich Mr. Stiles unterschwellige Anschuldigungen verabscheue, aber irgendeine rassische Verwandtschaft zwischen Ihnen und den Romulanern ist unübersehbar. Hat das etwas zu bedeuten?«

»Die Verwandtschaft besteht auf jeden Fall«, sagte Spock ruhig. »Die meisten Völker in diesem Gebiet der Galaxis scheinen denselben Ursprung zu haben. Diese Tatsache ist auch allgemein bekannt. Aber der Planet Vulkan hat nicht mehr Kontakt zu den Romulanern als die Erde, seit Jahrhunderten jedenfalls. Und ihre Sprache verstehe ich nicht. Sicher gibt es vermutlich einige Wurzeln, die denen meiner Muttersprache gleichen – ebenso, wie etwa das Englische einige griechische Wurzeln hat. Das würde Ihnen als Englischsprechendem aber überhaupt nicht helfen, sozusagen auf Anhieb Griechisch zu verstehen – sie brauchten sehr viel Zeit dazu. Ich will es gern versuchen – aber ich bezweifle, daß es uns in der Zeit, die wir zur Verfügung haben, etwas einbringt!«

In der kurzen Stille, die jetzt einsetzte, bemerkte Kirk, daß das Gebrabbel im Lautsprecher aufgehört hatte, und kurz darauf verschwand auch das Bild des Kontrollraums der Romulaner vom Bildschirm.

»Sie haben das Leck dichtgemacht«, sagte Uhura. »Aber es ist nicht sicher, ob sie bemerkten, daß wir es auch entdeckt haben.«

»Bleiben Sie dran und sagen Sie's mir, wenn Sie sie wieder haben. Machen Sie eine Kopie von dem Tonband für Mr. Spock. Dr. McCoy und Mr. Scott, kommen Sie bitte mit mir in meine Kabine. Und alle anderen denken bitte daran, daß wir höchste Alarmstufe haben, und zwar so lange, bis alles vorbei ist – so oder so.« Kirk stand auf, und es schien, als wollte er zum Aufzug gehen, doch dann zögerte er und wandte sich an Stiles: »Mr. Stiles, Ihre Beobachtungen könnten tatsächlich einmal nützlich sein. Aber im Moment sahen sie verdammt nach Fanatismus aus. Und das ist etwas, was man am besten nicht laut werden läßt. Sollten Sie noch einmal solche Beobachtungen machen, dann möchte ich sicher sein, daß Sie sie zuerst mir mitteilen. Habe ich mich verständlich genug ausgedrückt?«

»Jawohl, Sir«, sagte Stiles, kreidebleich.

Kirk ließ sich in einen Sessel fallen und legte die Beine auf den Tisch. Mißmutig sah er den Doktor und den Ingenieur an. »Als ob wir nicht genügend Ärger hätten. Spock ist schon ein seltsamer Knabe; wegen ihm sträuben sich dann und wann jedem die Haare – an normalen Tagen. Doch dieser..., dieser Zufall..., der kam wirklich zur unrechten Zeit, verdammt noch mal.«

»Wenn es ein Zufall ist«, sagte McCoy und wiegte zweifelnd den Kopf.

»Ich glaube schon, Pille. Ich vertraue Spock, er ist ein guter Offizier. Für unser Gefühl hat er zwar überhaupt keine Manieren, aber seit ich Stiles erlebt habe, halte ich von dessen Manieren auch nicht mehr viel. Ich glaube, diese Sache können wir vergessen. Ich möchte wissen, was wir jetzt tun sollen. Der Romulaner scheint tatsächlich zu fliehen. In ein paar Stunden wird er wieder in der neutralen Zone sein. Sollen wir ihn bis dorthin verfolgen?«

»Wenn du's tust, dann hast du einen Krieg am Hals, das weißt du genau. Vielleicht einen regelrechten Bürgerkrieg.«

»Stimmt genau. Aber andererseits haben wir drei Satelliten verloren. Das waren sechzig Menschen – samt der Ausrüstung... Wußtest du, daß ich mit Hansen auf derselben Schule war? Na ja, das ist hier nicht wichtig. Scotty, wie denken Sie darüber?«

»Sechzig Menschenleben schreibe ich nicht so ohne weiteres ab, aber wir sind fast vierhundert an Bord der *Enterprise*, und die möchte ich noch viel weniger abschreiben müssen. Gegen ihre Waffen haben wir keine Verteidigung, wie immer die auch beschaffen sind, und unsere Phaserkanonen können kein Ziel anvisieren, das sie nicht wahrnehmen. Vielleicht ist es besser, wir lassen sie in die neutrale Zone zurück, reichen einen Bericht bei der Föderation ein, und die Flotte soll den Fall übernehmen. Dabei könnten wir auch in Ruhe alles analysieren, was wir über sie bis jetzt haben sammeln können.«

»Und die Sprach- und Bildaufzeichnungen«, sagte McCoy.

»Die sind von unschätzbarem Wert, einzigartig – und könnten verlorengehen, wenn wir eine Konfrontation herbeiführen und dabei verlieren.«

»Sehr weise, Pille – und sehr logisch«, gab Kirk zu. »Ich bin zwar nicht im geringsten damit einverstanden, aber im Logbuch würde es sich ganz gut ausmachen. Sonst noch etwas?«

»Was willst du denn sonst noch? Entweder ist es richtig oder falsch. Ich hoffe doch nicht, daß du mit mir hier Katz und Maus spielen willst.«

»Das weißt du besser als ich. Ich sagte dir doch, daß ich mit Hansen zur Schule gegangen bin; und da sind zwei junge Leute an Bord, die gerade heiraten wollten, als der Alarm losging. Persönlicher Ruhm interessiert mich genausowenig wie die Meinung der Öffentlichkeit. Ich möchte verhindern, daß es zu einem Krieg kommt. – Das ist die Aufgabe, die mir jetzt gestellt ist. Die Frage ist nur – wie?«

Mit düsterem Blick starrte er auf seine Fußspitzen. Nach einer Weile fügte er hinzu: »Es ist ganz klar, daß die Romulaner sich das als eine Art entscheidende Kraftprobe gedacht haben. Sie haben zwei Waffen. Sie kamen aus der neutralen Zone heraus und haben ein Sternenschiff herausgefordert mit – also, sie haben so viel Tod und Zerstörung verbreitet, daß sie sicher sein können, daß wir die Herausforderung nicht ignorieren werden. Und es ist zugleich auch eine Überprüfung unserer Einstellung. Sie wollen wissen, ob wir uns wieder beruhigt haben, seit wir sie das letzte Mal besiegten. Sollen wir zulassen, daß sie wieder unsere Freunde, unser Eigentum vernichten, nur weil die Chancen jetzt anscheinend gegen uns stehen? Wie lange werden sie uns denn noch in Frieden lassen, wenn wir sie jetzt wieder in die neutrale Zone, die sie selbst verletzt haben, entwischen lassen? Ich glaube nicht, daß das sehr viel Zukunft hat, weder für uns noch für die Erde, noch für die ganze Föderation – und auch nicht für die Romulaner. Ich glaube, diese Lektion müssen wir genau jetzt erteilen.«

»Ich glaube, Sie haben recht«, sagte Scott. »Ich hätte das wahrscheinlich nie in dieser Weise bedacht, und ich bin froh, daß ich darüber nicht entscheiden muß.«

»Pille?«

»Wir müssen wohl handeln. Aber ich habe noch einen anderen Vorschlag. Es könnte vielleicht die Moral etwas heben, wenn du die beiden vom Phaser-Deck endlich verheiraten würdest.«

»Du glaubst im Ernst, jetzt wäre die richtige Zeit dazu?«

»Ich weiß nicht, ob dazu überhaupt jemals die richtige Zeit ist. Aber wenn du an deine Leute denkst – und ich weiß verdammt genau, daß du das tust, dann ist jetzt der beste Zeitpunkt dazu. Ein kurzer Augenblick der Liebe am Vorabend einer Schlacht. – Ich hoffe, ich mute dir nicht zuviel zu, Jim?«

»Doch, das tust du, Pille«, sagte Kirk und lächelte, »aber du hast recht. Ich werde es tun. Nur muß es ein bißchen schnell gehen.«

»Nichts ist von Dauer«, sagte McCoy mit rätselhaftem Lächeln.

Auf der Brücke schien sich inzwischen nichts Neues ereignet zu haben. Einen Augenblick lang konnte es Kirk gar nicht fassen, daß die ganze Unterredung nur knapp zehn Minuten gedauert hatte. Das Raumschiff der Romulaner war wieder nur durch die De-Broglie-Wellen zu orten und flüchtete anscheinend immer weiter auf die neutrale Zone zu, doch mit nicht allzu großer Geschwindigkeit.

»Es ist möglich, daß ihre Sensoren ihren eigenen Schirm nicht durchdringen und sie uns so gar nicht sehen können«, sagte Spock.

»Entweder das«, sagte Kirk, »oder sie wollen uns in eine Falle lokken. Wie dem auch sei, wir dürfen uns mit ihnen auf kein Kopf-an-Kopf-Gefecht einlassen. Wir müssen uns eine List einfallen lassen, irgendein Ablenkungsmanöver... Mr. Spock, könnten Sie das?«

»Wenn es geht, möglichst nicht tödlich für uns«, fügte Stiles hinzu. Sulu drehte sich auf seinem Pilotensitz halb zu ihm um: »Sie täuschen sich sehr«, sagte Sulu. »Ich glaube, Sie haben die meisten Fehler schon gemacht, für den Rest Ihres Lebens bleiben Ihnen nicht mehr viele.«

»Einem von uns sicher«, sagte Stiles steif.

»Jetzt lassen Sie das endlich«, sagte Kirk gereizt. »Alles zu seiner Zeit, Mr. Sulu. Der nächste Punkt auf der Tagesordnung ist die Hochzeit.«

»Entsprechend den Gesetzen des Weltraums«, sagte Kirk, »haben sich hier diese Frau, Angela Martine, und dieser Mann, Robert Tomlinson, eingefunden, um den Bund der Ehe zu schließen...«

Dieses Mal war alles glattgegangen. Kirk schloß das Buch und blickte auf.

»...und somit, kraft der Gewalt, die mir als Captain der U.S.S. *Enterprise* verliehen ist, erkläre ich euch zu Mann und Frau.«

Er nickte Tomlinson aufmunternd zu, der erst jetzt begriff, daß er die Braut ja küssen mußte. Es gab die üblichen Hoch-Rufe, die trotz der wenigen Gäste ziemlich laut und fröhlich klangen. Bootsmann Rand küßte Angela auf die Wange; McCoy packte Tomlinsons Hand, schwang sie wie einen Pumpenschwengel und hieb ihm auf die Schulter; dann bereitete er sich vor, die Braut zu küssen, aber da kam ihm Kirk dazwischen:

»Das ist ein Privileg des Captains, Doc.«

Aber er kam nicht dazu. Spocks Stimme tönte aus dem Lautsprecher.

»Captain – ich glaube, ich habe eine Lösung gefunden.«

»Es gibt Tage«, sagte Kirk bedauernd, »an denen man auf diesem verdammten Schiff aber auch gar nichts zu Ende bringen kann. Ich komme, Mr. Spock.«

Es stellte sich heraus, daß Spocks Ablenkungsmanöver der kalte Komet des Romulus-Remus-Systems war, das heißt, jetzt war er nicht mehr kalt, sondern je mehr er sich der Zentralsonne näherte, desto mehr breitete sich sein Schweif aus. Spock hatte ihn in den Ephemeriden verzeichnet gefunden, und eine Computerberechnung hatte ergeben, daß er in genau 440 Sekunden zwischen der *Enterprise* und dem feindlichen Schiff passieren würde.

»Wir werden ihn benutzen«, sagte Kirk sofort. »Mr. Sulu, im Augenblick des Durchgangs gehen wir auf volle Beschleunigung. Scotty, sagen Sie der Phaserstation, wir wollen eine Fächersalve feuern: Zieleinstellung nur nach Sensoren. Es wird wahrscheinlich Ablenkungen geben durch Eisbrocken im Schußfeld.«

»Immerhin, aber bei dieser Entfernung müßten wir wenigstens einen Treffer erzielen«, sagte Scott.

»Noch eine Minute«, sagte Spock.

»Angenommen, der Schuß durchdringt ihren Schirm nicht?« sagte Stiles.

»Diese Möglichkeit gibt es natürlich auch, aber dagegen können wir nichts tun.«

»Dreißig Sekunden... zwanzig... fünfzehn... zehn, neun, acht, sieben, sechs, fünf, vier, drei, zwei, eins, null...«

Auf der Brücke wurde es dunkel, als die *Enterprise* mit ungeheurer Kraft vorwärts schnellte und die Phaserspulen im selben Moment ihre höchste Energiekapazität erreichten. Auf dem Bildschirm tauchte die riesige Schotterwolke des Kometen auf.

»O. K., Mr. Tomlinson..., Phaser feuern!«

Die *Enterprise* brüllte auf wie ein verwundeter Löwe. Im nächsten Augenblick flammten die Lichter wieder auf, und der Lärm hatte aufgehört. Die Phaserkanonen hatten gefeuert.

»Energiezentrale überladen«, sagte Spock. »Hauptspule durchgebrannt.«

Er hatte schon einen Teil der Schalttafel herausgeklappt und überprüfte den Stromkreis. Nach kurzem Zögern eilte ihm Stiles zu Hilfe.

»Captain!« rief Sulu. »Ihr Schiff – es wird langsam sichtbar. Ich glaube, wir haben es getroffen – ja, wir haben es getroffen!«

»Nicht gut genug«, sagte Kirk finster und erriet sofort die Bedeutung dieses Manövers. »Volle Kraft zurück! Abdrehen!«

Aber der Feind war schneller. Auf dem Bildschirm schoß ein strahlender Torpedo heran, ähnlich dem, der den Satelliten 4023 zerstört hatte. Nur dieses Mal war die *Enterprise* sein Ziel.

»Sieht schlecht aus«, sagte Sulu. »Zwei Minuten bis zum Aufschlag.«

»Adjutant Rand, Nachrichtenboje in neunzig Sekunden über Bord.«

»Moment«, sagte Sulu, »die Bahn des Torpedos verändert sich...«

Der anfangs so strahlende kompakte Fleck schien unruhig zu werden, er flackerte, an den Rändern löste er sich in kleine bläuliche Zungen auf, die Leuchtkraft ließ nach.

»Möglicherweise ist seine Reichweite beschränkt.«

Jetzt war er ganz vom Bildschirm verschwunden. Die *Enterprise* geriet ins Schlingern. Einige fielen zu Boden, auch Spock, glücklicherweise nicht in die geöffnete Schalttafel.

»Scotty! Schadensmeldung!«

»Eine Stabilisatorzelle ist zerbrochen. Sonst nur kleinere Schäden. Hauptphaser noch immer außer Gefecht. Die Spule muß ersetzt werden.«

»Ich glaube, den Gegner hat es schlimmer erwischt, Sir«, sagte Leutnant Uhura. »Steuerbord breiten sich Trümmer aus – Gegenstände – Radarecho wie von Plastikgegenständen – Körpern.«

Das losbrechende Freudengeschrei unterbrach Kirk mit einer knappen Handbewegung. »Geschwindigkeit weiter herabsetzen. Es scheint, als hätten sie auf ihren Tarnschirm verzichten müssen, um die nötige Energie für ihre Waffen zu haben. Der Schirm ist noch nicht wieder aufgebaut.«

»Sie sind aber dabei, sie verschwinden wieder, Captain«, sagte Sulu. »Die letzten Dopplerkontrollen zeigen, daß sie ihre Geschwindigkeit auch herabsetzen..., jetzt sind sie ganz verschwunden.«

»Können Sie irgend etwas in Ihrem Intercom registrieren, Leutnant Uhura?«

»Nichts, Sir. Sogar die De-Broglie-Wellen werden schwächer. Ich glaube, jetzt haben wir den Kometen gegen uns.«

Was, um Himmels willen, sollte das jetzt bedeuten? Gegen einen unbekannten Feind anzutreten, war schon schlimm genug, aber wenn der sich auch noch nach Belieben unsichtbar machen konnte. – Wenn dieses Schiff mit all seinen Daten den heimatlichen Planeten erreichen würde... eine Zeitlang würde man wohl nichts mehr von ihnen hören, aber dann würden sie zu Tausenden hervorbrechen, bereit, alles zu töten, was sich ihnen in den Weg stellte. Sie mußten das Schiff aufhalten.

»Wenn man das Ganze unter ihrem Gesichtspunkt als Überrumplungsmanöver und als Test ansieht, erscheint ihre Taktik ziemlich sinnvoll«, sagte Kirk nachdenklich. »Sie haben uns hereingelockt, indem sie drei relativ wehrlose Satelliten angriffen, und zogen sich dann an die Grenze zurück, um unsere Stärke zu prüfen. Dann griffen sie uns an der Flanke an und zogen sich wieder zurück. Irgendeine Art Schachspiel steckt dahinter. Wenn ich jetzt ihren nächsten Zug zu tun hätte, würde ich mich auch wieder an die Grenze zurückziehen. Und wenn sie das getan haben, dann sitzen sie genau hinter uns in unserer Heckwelle – und vor uns lauert ihre Verstärkung.«

»Aber was ist mit den Trümmern, Sir?« fragte Uhura.

»Das war ein simples Täuschungsmanöver, sie haben irgendwelchen Ballast ausgestoßen – ein ganz alter Trick, den man schon im U-Boot-Krieg angewandt hat; das nächste Mal werfen sie uns einen atomaren Sprengkopf heraus, mit dem wir spielen können. Leutnant Sulu, leiten Sie ein Wendemanöver ein, so daß unsere Hauptphaserbatterie in Gegenrichtung weist. Mr. Spock, wir können nicht mehr auf die neue Spule warten. Gehen Sie aufs Phaserdeck und steuern Sie das Feuer mit der Hand. Mr. Stiles, Sie gehen mit ihm und helfen ihm. Feuern Sie auf mein Kommando, sowie das Manöver beendet ist. Alles klar?«

Die beiden nickten und gingen hinaus, Stiles sichtlich etwas widerstrebend. Kirk sah ihnen einen Augenblick lang nach. – Stiles Mißtrauen Spock gegenüber hatte ihn, fast gegen seinen Willen, doch etwas angesteckt. Aber dann vergaß er es wieder. Das Wendemanöver hatte begonnen. Auf dem Bildschirm erschien der Raum achtern in der Ionisationswolke der *Enterprise* genauso leer wie steuerbords in den davonwirbelnden Gasen des Kometenschweifs.

Dann wurde das Schiff der Romulaner zum dritten Mal sichtbar. Und zwar genau an der Stelle, wo Kirk es vorausgesagt hatte. Und im Moment konnten sie nichts, aber auch gar nichts tun. Auf der Brücke war es totenstill. Mit zusammengebissenen Zähnen verfolgte Kirk, wie sich das immer deutlicher erscheinende Schiff langsam über das Koordinatennetz des Bildschirms schob. – »Spock! – Feuer!« schrie Kirk.

Nichts geschah. Jetzt ließ sich der nagende Verdacht nicht mehr unterdrücken. Mit einer raschen Handbewegung schaltete Kirk die Kamera im Phaserdeck ein.

Im ersten Moment konnte er in dem, was er dort sah, nichts erkennen. Der ganze Raum schien in grüne Dämpfe gehüllt zu sein. Undeutlich sah Kirk zwei Gestalten ausgestreckt am Boden neben dem Schaltpult für die Batterien liegen. Stiles trat ins Blickfeld. Eine Hand hielt er sich vor Mund und Nase, mit der anderen versuchte er, das Schaltpult zu erreichen. Aber er mußte schon zuviel von dem Gas in der Lunge haben. Er griff sich an den Hals, brach in die Knie und stürzte zu Boden.

»Scotty! Was ist das für ein Stoff –«

»Kühlflüssigkeit. Der Verschluß muß aufgebrochen sein, sehen Sie, da ist Spock...«

Jetzt konnte man auch Spock auf dem Bildschirm sehen. Er kroch auf Händen und Knien zum Schaltpult. Erst jetzt registrierte Kirk, daß die zwei Männer, die am Boden lagen – Tomlinson und ein weiterer aus seiner Mannschaft –, wahrscheinlich beide tot waren. Offenbar war der Verschluß schon beim ersten Angriff gebrochen. Auf dem Hauptbildschirm sahen sie den Schuß des Romulanerschiffes mit jener unausweichlichen absoluten Endgültigkeit auf sie zustoßen. Wie gelähmt sahen sie dem tödlichen Torpedo entgegen.

Irgendwie erreichte Spock doch noch das Schaltpult. Er zog sich hoch und ließ seine verkrampften Finger über die Instrumente gleiten. Mit der Handkante schlug er zweimal auf den Auslöserknopf, dann stürzte auch er zu Boden.

Das Licht ging aus. In einem gigantischen Feuerball zerstob das Schiff der Romulaner.

An Bord der *Enterprise* waren drei Tote zu beklagen: Tomlinson, sein Gehilfe und Stiles. Angela war dem Unglück entronnen, weil sie sich nicht auf dem Phaserdeck befand, als die Kühlflüssigkeit aus den getroffenen Leitungen herausschoß. Entronnen, kaum eine Stunde lang verheiratet – Witwe für den Rest ihrer Tage.

Mit steinerner Miene trug Kirk alles ins Logbuch ein.

Der Zweite Romulanische Krieg war zu Ende. Offiziell hatte er nie begonnen.

Wettlauf mit der Zeit

Niemand, soviel war klar, würde den Planeten vermissen, wenn er auseinanderbarst. Es hatte sich auch niemand die Mühe gemacht, für ihn einen Namen zu finden. Auf den Karten war er einfach als ULAPG 42821 DB verzeichnet; eine etwas umständliche Kodierung, die von einigen jungen Offizieren der *Enterprise* drastisch zu La Pig verkürzt wurde.

So ganz paßte der Name ja nicht auf den Planeten, denn es war eine von Eis bedeckte Steinkugel von etwa 20000 Kilometern Durchmesser, eine zu Eis erstarrte windlose Wildnis, in der nicht einmal verkrüppeltes Wurzelwerk, Moos oder Flechten die endlose purpurne Eintönigkeit von Horizont zu Horizont unterbrachen.

Nach einer relativ kurzen Lebensdauer von ein paar hundert Millionen Jahren war es soweit: Die Spannung zwischen dem Eismantel und dem schrumpfenden Kern mußte den Planeten in allernächster Zeit zersprengen.

Auf La Pig gab es eine Beobachtungsstation, die mit sechs Leuten besetzt war. Die sollten abgeholt werden, und da die *Enterprise* sowieso in der Nähe war, hatte sie den Auftrag dazu erhalten. Anschließend sollte sie, so lauteten die Anweisungen, aus einer bestimmten Entfernung den Untergang des Planeten beobachten. Die dabei gesammelten Beobachtungen und Daten würden für ein paar Burschen mit Rechenschiebern auf der Erde von großer Bedeutung sein. Vielleicht würden die dann das ganze Spiel einmal so zusammensetzen, daß sie selbst ganze Planeten in die Luft sprengen konnten. Mit Menschen drauf und allem Drum und Dran.

Wie die meisten anderen Linienoffiziere war auch Captain Kirk von derartigen Schreibtischspielereien wenig begeistert.

Aber es stellte sich heraus, daß auf La Pig niemand mehr war, den sie abholen konnten. Die Tür zur Station stand weit offen, und das Eis war auch hier eingedrungen. Alles, Böden, Wände, Konsolen,

Schränke, Tische, Stühle, alles war von einer dicken Eisschicht bedeckt. Die Tür war festgefroren, und die gesamte Energieversorgung war abgeschaltet.

Alle sechs Mitglieder der Mannschaft waren tot. Einer, noch im schweren Raumanzug, lag über einer der Schaltkonsolen. Auf dem Fußboden, in einem Korridor, lag der Körper einer Frau, sehr leicht bekleidet und schon fast zur Hälfte mit Eis bedeckt. Eine genauere Untersuchung ergab jedoch, daß sie schon tot war, bevor das Eis kam; sie war erwürgt worden.

Im unteren Teil der Station fanden sie die anderen vier. Der Ingenieur saß auf seinem Platz, alle Schalter für die lebenswichtige Energieversorgung standen auf Aus, er selbst war festgefroren, als ob er sich keinen Deut darum gekümmert hätte. Dabei waren die Energievorräte noch lange nicht erschöpft; er hatte sie einfach nicht mehr genutzt. Zwei andere lagen tot in ihren Betten, was bei diesen Temperaturen absolut normal und zu erwarten war. Der sechste schließlich stand, vollständig angekleidet, unter der Dusche, von der Decke bis zum Boden in eine Säule aus Eis gehüllt.

»Sonst war nichts zu finden«, sagte Spock, der die Transporteraktion zur Oberfläche des Planeten geleitet hatte. »Außer ein paar kleinen Mulden voll Wasser da und dort. Das hätte aber bei diesen Temperaturen auch gefroren sein müssen, gleichgültig, welche Stoffe in ihm gelöst sind. Wir haben ein paar Proben mitgebracht. Die Körper der Toten sind in der Leichenkammer, immer noch tiefgefroren. – Ich glaube fast, daß das eher ein Stoff für einen Dramatiker ist als für eine öffentliche Untersuchung.«

»Phantasie ist für einen Polizeioffizier ein sehr nützliches Talent«, sagte Kirk. »Als ein erstes Verdachtsmoment würde ich zum Beispiel nennen, daß irgendeine flüchtige, hochgiftige Substanz in der Station freigeworden ist. Einer der Männer kam damit in Berührung und lief zur Dusche, um sie wegzuspülen, natürlich auch von den Kleidern. Ein anderer riß die Tür auf…«

»Und die Frau?«

»Irgend jemand hat ihr an dem Unglück die Schuld gegeben, vielleicht hat sie sich schon eine Reihe solcher Unvorsichtigkeiten zuschulden kommen lassen, und vielleicht hat sie sich in diesem Fall etwas zweideutig verhalten. Sie wissen ja, welchen seelischen Spannungen diese kleinen Teams auf Außenposten ausgesetzt sind.

»Sehr gut, Captain«, sagte Spock. »Aber was war mit dem Ingenieur, der einfach alles abgeschaltet hat?«

Kirk streckte hilflos die Arme in die Luft. »Ich geb's auf. Vielleicht dachte er, daß alles aus wäre, und beschloß, Selbstmord zu begehen. Oder die ganze Geschichte stimmt von A bis Z nicht..., was weiß ich. Ich glaube, wir gehen jetzt besser auf Umlaufbahn. Was immer da unten geschehen ist, wir werden es wahrscheinlich nie mehr herausfinden.«

Es war nur gut, daß er ›wahrscheinlich‹ gesagt hatte.

Bei Joe Tormolen, der Spock in die Station begleitet hatte, zeigten sich die Symptome zuerst. Er saß allein an einem Tisch in der Mannschaftsmesse und aß. Das war bei ihm weiter nicht ungewöhnlich, denn obwohl er ein guter und verläßlicher Mann war, war er allen anderen gegenüber zutiefst verschlossen. Nicht weit weg von ihm stritten sich Chefpilot Sulu und Navigator Kevin Riley über den Nutzen von Fechtübungen im allgemeinen. Sulu war fürs Fechten, und an einem für ihn kritischen Punkt der Diskussion wandte er sich an Joe um Unterstützung.

Statt eine Antwort zu geben, geriet Joe in höchste Aufregung, stieß wie unter Überdruck völlig zusammenhanglose Sätze hervor, über die sechs Menschen, die auf La Pig starben, und daß es die Menschen nicht wert seien, das All zu betreten... Auf dem Höhepunkt seiner Wahnsinnsarie versuchte er sich dann das Messer seines Eßbestecks in den Leib zu rennen.

Es entspann sich ein längeres Handgemenge, und weil Sulu und Riley Joes Absicht falsch interpretierten – sie dachten nämlich, er wollte auf einen von ihnen mit dem Messer losgehen –, gelang es Joe tatsächlich, sich eine schwere Verletzung zuzufügen. Bis sie ihn unter Kontrolle und zur Krankenstation gebracht hatten, waren alle drei gleichermaßen mit Blut beschmiert, so daß die Wachen beim ersten Hinsehen nicht entscheiden konnten, welcher von den Raufbolden denn nun der Verwundete war.

Um den Fall in allen Einzelheiten zu besprechen, fehlte im Moment die Zeit. La Pig zeigte die ersten Anzeichen seiner beginnenden Auflösung, und Sulu und Riley wurden, sobald sie sich gesäubert hatten, auf der Brücke benötigt. In dem Maße, wie der Vorgang des Zerberstens fortschritt, würde sich auch die Masse des Planeten verändern und vielleicht auch die Lage seines Gravitationszentrums. Das bedeutete wiederum, daß sich sein äußeres magnetisches Feld verändern würde, so daß das, was vor Sekunden vielleicht noch ein sicherer ›Parkplatz‹ für die *Enterprise* gewesen war, in der nächsten schon ein ziemlich ungemütlicher Aufenthaltsort werden konnte. Und hier wußte selbst der Computer keine genauen Voraussagen zu liefern, sondern höchstens Wahrscheinlichkeiten; hier waren allein die Sinne, der Verstand und ihre Reaktionsfähigkeit ausschlaggebend.

McCoys Nachricht, daß Joe Tormolen seinen Verletzungen erlegen war, erreichte Kirk deshalb erst vierundzwanzig Stunden später, und es dauerte noch weitere vier Stunden, bis er McCoys Einladung zu einer Unterredung nachkommen konnte. Zu diesem Zeitpunkt nämlich schien der Auflösungsprozeß von La Pig eine Art Inflexionspunkt erreicht zu haben, so daß man damit rechnen durfte, etwa eine Stunde lang seine Ruhe zu haben. Er konnte die Wache Sulu und Riley überlassen und McCoy einen kurzen Besuch abstatten.

»Ich hätte dich nicht belästigt, Jim, wenn Tormolen nicht einer von den zwei Männern gewesen wäre, die auf La Pig waren«, sagte McCoy. »Der Fall ist ziemlich ungewöhnlich, und ich möchte die Möglichkeit nicht außer acht lassen, daß es hier doch eine Verbindung gibt.«

»Was ist daran so ungewöhnlich?«

»Nun, schon allein der Selbstmordversuch. Joe war zwar schon immer etwas instabil und voller Skrupel, sein entsprechender Psycho-Quotient war in dieser Hinsicht auch sehr hoch; er war ein Brüter, ein introspektiver Typ. Aber ich möchte wissen, warum das jetzt mit einem Mal und mit solcher Gewalt zum Durchbruch kam. – Und noch etwas, Jim, er hätte nicht sterben müssen. Er hatte sich zwar schwere innere Verletzungen in der Bauchhöhle beigebracht, aber ich habe die Wunden sorgfältig vernäht, das Bauchfell gesäubert; eine Infektion war völlig ausgeschlossen. Aber er starb trotzdem, und ich weiß nicht, woran.«

»Vielleicht hat er sich einfach aufgegeben.«

»Ich habe zwar schon gesehen, daß so etwas möglich ist. Aber ich kann das nicht auf einen Totenschein schreiben. Ich brauche einen handfesten Grund, eine Blutvergiftung oder ein Blutgerinnsel im Gehirn. Bei Joe schien es einfach ein Kreislaufversagen gewesen zu sein. Aber das aus überhaupt keinem erkennbaren Anlaß. – Und mit diesen sechs Toten von La Pig komme ich auch nicht weiter.«

»Schlimm genug. Was ist mit den Proben, die Spock mitgebracht hat?«

McCoy zuckte mit den Schultern. »Da ist zwar noch alles möglich, nehme ich an, aber soweit wir jetzt sehen, ist das Zeug einfach Wasser. Wir haben Spuren von Mineralien entdeckt, die seinen Gefrierpunkt ziemlich herabsetzen, aber sonst noch gar nichts. Wir haben alle nur erdenklichen Vorsichtsmaßnahmen getroffen, aber es ist bakteriologisch gesehen völlig rein, also auch keine Viren, und chemisch gesehen fast rein. Manchmal meine ich, hier sind wir in einer Sackgasse, obwohl ich mir immer wieder neue Analysen ausdenke, um dem Zeug beizukommen; jeder hier im Labor tut das.«

»Nun, ich werde Spock im Auge behalten. Er war nämlich der zweite, der unten war, obwohl, bei seinem speziellen Organismus weiß ich gar nicht, auf welche Reaktion ich achten soll. In der Zwischenzeit können wir eben nur hoffen, daß es ein Zufall war.«

Er wollte gerade wieder auf die Brücke zurück, als er überrascht stehenblieb. Aus einem Seitenkorridor kam Sulu auf ihn zu. Er hatte Kirk anscheinend noch nicht bemerkt, und es sah so aus, als käme er aus dem Gymnastikraum, denn seine Veloursbluse stand offen, und darunter trug er ein schwarzes Trägerhemd. Um seinen Hals hatte er ein Handtuch geworfen, und unter seinen Arm geklemmt hielt er ein Florett. Er sah zufrieden aus und keineswegs schuldbewußt wie ein Mann, der sich unerlaubt von seinem Posten entfernt hatte.

Er schwang das Florett hoch, bis seine Spitze zur Decke zeigte. Dann ließ er es zwischen seiner Hand senkrecht zu Boden fallen und fing es kurz vor der Spitze wieder auf. Einen Moment betrachtete er den Knopf am Ende der Klinge, dann zog er ihn ab, darauf faßte er die Waffe wieder am Griff und prüfte, wie sie in der Hand lag...

»Sulu!«

Der Pilot sprang zurück – in die Ausgangsposition der Fechter. Die

Florettspitze beschrieb zwischen den beiden Männern kleine Kreise in der Luft.

»Aha«, rief Sulu hocherfreut. »Garde der Königin oder Richelieus Mann? Gebt Antwort!«

»Sulu, was soll das? Sie sollten auf Ihrem Posten sein.«

Sulu sprang einen Schritt vor, jeder Zoll ein Musketier.

»Ihr denkt, ihr könnt mich überlisten, he? Zieht blank!«

»Das reicht«, brüllte ihn Kirk an. »Melden Sie sich auf der Krankenstation.«

»Um euch das Feld zu überlassen? Niemals, eher...«

Er machte einen plötzlichen Ausfall. Kirk sprang zurück, riß seinen Handphaser heraus und stellte hastig mit dem Daumen den Hebel auf ›Betäuben‹ – aber Sulu war zu schnell für ihn. Er sprang in eine Nische des Korridors, wo eine Feuerleiter zu den Versorgungs- und Wartungsschächten führte, und war verschwunden. Aus dem gähnend leeren Aufstiegsloch dröhnte nur ein gewaltiges Echo: »Fffffffeigling!«

Kirk rannte auf die Brücke, so schnell er nur konnte. Leutnant Uhura überließ gerade den Navigatorposten einem anderen Offizier und kehrte wieder zu ihren Nachrichtengeräten zurück. Auch an Sulus Platz saß schon ein anderer. »Wo ist Riley?« fragte Kirk.

»Er ist wohl weggegangen«, sagte Spock und überließ Kirk wieder das Kommando. »Nur Adjutant Harris hier hat ihn weggehen sehen.«

»Welche Symptome?« fragte Kirk den Steuermann.

»Er war nicht aufgeregt, Sir – ganz ruhig. Ich fragte nur, wo Mr. Sulu ist, da fing er an zu singen ›Have no fear, Riley's here‹. Und er sagte noch, es täte ihm leid, daß ich kein Ire sei – ich bin aber einer, Sir –, und dann sagte er noch, er wolle einen Rundgang auf den Zinnen machen.«

»Sulu hat's auch erwischt«, sagte Kirk kurz. »Er hat mich mit einem Florett durch Korridor Drei auf Deck Zwo gejagt. Dann ist er in einem Schacht verschwunden. Leutnant Uhura, alarmieren Sie die Wachen und sagen Sie ihnen, sie sollen die beiden aufstöbern und einsperren. Und jeder, der mit ihnen in Berührung kommt, soll sich bei Dr. McCoy zu einer medizinischen Untersuchung melden.«

»Ich würde sagen, zu einer psychiatrischen, Captain«, sagte Spock.

»Erklären Sie.«

»Dieser Anfall, oder was immer es ist, scheint irgendwie Wunschbilder aus dem Unbewußten ins Bewußtsein zu heben. Tormolen war depressiv veranlagt, das hat ihn jetzt zu seinem absoluten Tiefpunkt geführt – und er hat Selbstmord begangen. Riley wäre insgeheim gerne ein Nachkomme seiner irischen Könige. Und Sulu ist im Innersten seines Herzens ein Haudegen aus dem achtzehnten Jahrhundert.«

»Hm, hm... Wie sieht es mit dem Planeten aus?«

»Er bricht schneller auseinander, als wir berechnet haben. Unsere Beschleunigung in Richtung Planet hat um zwei Prozent zugenommen.«

»Stabilisieren.« Er wandte sich seinem eigenen Kommandopult zu, aber die verblüffte Stimme des Steuermanns rief ihn wieder zurück.

»Sir, die Steuerdüsen reagieren nicht.«

»Dann zünden Sie alle Schubaggregate. Die Umlaufbahn werden wir später korrigieren.«

Der Steuermann drückte auf den Knopf, aber nichts geschah.

»Schub geht nicht an, Sir.«

»Dann Hauptaggregate: volle Kraft!« sagte Kirk mit rauher Stimme.

»Captain, das wird uns aus dem System hinaustragen«, sagte Spock, als ob er einen geringfügigen Fehler feststellte.

»Kann's nicht ändern.«

»Keine Reaktion, Sir«, sagte der Steuermann erschrocken.

»Achtung: Maschinenraum!« rief Spock ins Intercom. »Wir brauchen volle Kraft. Unsere Kontrollen sind ausgefallen.«

Kirk deutete mit dem Daumen zum Aufzug. »Mr. Spock, sehen Sie nach, was da unten los ist.«

Spock wollte gerade gehen, als die Aufzugstür aufglitt und Sulu heraustrat – das Florett in der Hand.

»Richelieu!« rief er. »Endlich.«

»Mr. Sulu«, sagte Kirk, »legen Sie endlich das verdammte Ding aus...«

»Für die Ehre, die Königin und Frankreich!« Sulu machte einen Satz auf Spock zu, der so fassungslos war, daß er sich hätte beinahe durchbohren lassen. Kirk versuchte einen Schritt vorwärts, aber sofort sprang ihm die Florettspitze entgegen.

»Nun, schurkischer Richelieu...«

Er wollte gerade einen Ausfall machen, als er Leutnant Uhura bemerkte, wie sie einen Bogen um ihn machte. Er wirbelte herum; sie blieb stehen.

»Aha, schönes Fräulein!«

»Tut mir leid, keins von beidem«, sagte Uhura und warf Spock über Sulus linke Schulter einen raschen Blick zu. Sulu wollte sich herumwerfen, aber Spock hatte ihn schon mit seinem Nervengriff an der Schulter gefaßt. Wie ein leerer Sack fiel Sulu zu Boden.

Kirk stürzte auf der Stelle an die Bordsprechanlage. »Mr. Scott! Wir brauchen volle Kraft! Verdammt noch mal! – Scott! Maschinenraum! – Was ist denn los?«

»Ihr habt geläutet?« antwortete lässig eine melodische Tenorstimme.

»Riley?« sagte Kirk und versuchte mühsam, sich zu beherrschen.

»Hier ist Captain Kevin Thomas Riley vom Sternenschiff *Enterprise.* Und mit wem habe ich die Ehre?«

»Hier ist Kirk, Riley. Sind Sie denn von allen guten...«

»Welcher Kirk? Ich habe keinen Offizier dieses Namens an Bord meines Schiffes.«

»Riley, hören Sie gut zu. Hier ist Captain Kirk. Verlassen Sie sofort den Maschinenraum. Navigator. Wo ist Scott?«

»Köche, hört mal her«, sagte Riley. »Hier spricht euer Captain. Ich brauche doppelte Portionen Eiscreme für die Mannschaft. Mit Empfehlungen vom Captain, weil heute St.-Kevins-Tag ist. Und jetzt wird euch euer Captain ein paar Lieder singen.«

Kirk stürzte zum Aufzug. Spock übernahm automatisch das Kommando. »Sir, bei unserer momentanen Fallbeschleunigung werden wir in etwas weniger als zwanzig Minuten in die Atmosphäre des Planeten eindringen.«

»Schon gut«, sagte Kirk grimmig. »Ich sehe zu, was sich mit diesem Narren anfangen läßt. Halten Sie sich auf jeden Fall bereit, volle Kraft zu fahren – wenn Sie sie kriegen.«

Die Aufzugtüren schlossen sich hinter ihm. Durch das ganze Schiff lärmte Rileys Stimme: »I'll take you home again, Kathleen.« Er war wirklich kein begnadeter Sänger.

Es wäre eigentlich ganz lustig gewesen – wenn dieses Ständchen nicht das ganze Intercom-Netz blockiert hätte; wenn dieser Anfall, was Tormolen betraf, nicht ein vollkommen sinnloses Opfer gefordert hätte, und wenn schließlich die *Enterprise* in Kürze kaum mehr sein würde, als ein Staubkorn in einem planetengroßen Wirbel kosmischen Staubes.

Scott und zwei seiner Leute standen vor der verschlossenen Tür des Maschinenraums und tasteten sie mit Sensoren ab. Er sah kurz zum Captain auf und dann wieder auf seine Arbeit.

»Wir versuchen sie aufzukriegen, Sir. Riley kam hereingelaufen und sagte uns, wir sollten sofort auf der Brücke erscheinen. Dann hat er hinter uns zugesperrt. Wir haben gehört, wie Sie über die Bordsprechanlage mit ihm gesprochen haben.«

»Er hat Steuerdüsen und Antriebskraft abgeschaltet«, sagte Kirk. »Können Sie ihn nicht über eine Nebenschaltung umgehen und über den Hilfskreis das Schiff steuern?«

»Leider nicht, Captain, durch den Hauptschalter hat er alles blokkiert.« Scott nickte einem seiner Leute zu. »Gehen Sie in mein Büro und suchen Sie die Konstruktionspläne für diese Sektion der Wand. Wenn wir ein Loch hineinschneiden müssen, möchte ich nicht gerade auf eine Leitung stoßen.« Der Mann nickte und eilte davon.

»Können wir das Steuer wenigstens aus den Batterien speisen? Es wird zwar unseren Fall nicht viel bremsen können, aber unsere Lage bleibt wenigstens einigermaßen stabilisiert. Wir haben noch etwa neunzehn Minuten, Scotty.«

»Das habe ich schon gehört. Ich kann es ja versuchen.«

»Tun Sie das.« Und Kirk machte sich wieder auf den Weg zur Brücke.

»And tears be-dim your loving eyes...«

Auf der Brücke fuhr Kirk Leutnant Uhura an: »Können Sie diesen Krawall nicht abstellen?«

»Nein, Sir, über das Hauptschaltpult unten kann er jeden Kanal nach Belieben aussteuern.«

»Nun gut, einen kann er nicht beeinflussen. Mr. Spock, riegeln Sie alle Sektionen des Schiffs ab. Sollte sich diese Seuche noch weiter ausbreiten, können wir es vielleicht dadurch verhindern, und inzwischen –«

»Ich habe Sie verstanden«, sagte Spock und betätigte die Auslöser für die Trennschotts. Automatisch setzte der Hauptalarm ein und übertönte Rileys Stimme vollständig. Als er wieder aufgehört hatte, ertönte nach einer kurzen Pause Rileys Stimme wieder:

»Leutnant Uhura, hier spricht Captain Riley. Sie haben mein Lied unterbrochen. Es war nicht schön von Ihnen. Sie bekommen keine Eiscreme.«

»Noch siebzehn Minuten, Sir.«

»Achtung, alle Mannschaften«, fuhr Riley fort. »Heute abend um 19 Uhr ist auf der Bowlingbahn des Schiffes großer Tanz. Jeder wird eine Kugel bekommen…« Der Rest des Satzes erstickte in einem überschäumenden Gelächter. »Bei dieser Gelegenheit erhalten alle weiblichen Mannschaftsangehörigen aus den Schiffsbeständen eine volle Pinte Parfüm. Allen Männern wird zum Ausgleich dafür der Sold um eine Stufe erhöht. Macht euch auf weitere Überraschungen gefaßt.«

»Hat es irgendwelche Nachrichten von Sulu gegeben, bevor das Intercom abgeschaltet wurde?« fragte Kirk.

»Dr. McCoy hat ihm eine starke Beruhigungsspritze gegeben«, sagte Leutnant Uhura. »Seitdem hat sich sein Zustand nicht verschlechtert, aber alle Untersuchungen verliefen negativ… Ich hatte den Eindruck, daß der Doktor eine bestimmte Idee hatte, aber dann wurde die Verbindung unterbrochen.«

»Nun ja, unser dringendstes Problem ist jetzt Riley.«

Ein Bote kam herein und grüßte. »Sir, Empfehlungen von Mr. Scott, er hat jetzt den Steuerkreis an die Batterien angeschlossen. Mr. Scott hat beschlossen, die Tür zum Maschinenraum aufzuschneiden. Er sagt, er würde dazu etwa vierzehn Minuten brauchen.«

»Danke. Das ist genau der Spielraum, den wir noch haben«, sagte Kirk. »Und drei Minuten wird es dauern, bis die Maschinen wieder mit voller Kraft laufen. – Richten Sie Mr. Scott meine Grüße aus und sagen Sie ihm, er soll zusehen, daß er die Türe aufbekommt, und wenn es mit noch so altmodischen Methoden ist. Und er soll sich um die Leitungen keine Sorgen machen, nur wenn es Hauptleitungen sind…«

»Mannschaften, hört mal her«, rief Rileys Stimme. »In Zukunft werden alle weiblichen Mitglieder der Mannschaft die Haare offen und schulterlang tragen, und sie werden sich bei der Verwendung von Make-up etwas zurückhalten. Ich wiederhole, die Frauen sollen nicht so aufgedonnert herumlaufen.«

»Sir«, sagte Spock mit sichtlicher Anstrengung.

»Eine Sekunde. Ich möchte, daß zwei Wachen sich Mr. Scotts Gruppe anschließen, Riley, könnte bewaffnet sein.«

»Das habe ich schon veranlaßt«, sagte Spock. »Sir...«

»...Across the ocean deep and wide...«

»Sir, ich fühle mich etwas krank«, sagte Spock höflich. »Erlauben Sie, daß ich mich in der Krankenstation melde.«

Kirk schlug sich mit der Hand vor die Stirn. »Symptome?«

»Nur eine allgemeine Übelkeit, Sir. Aber in Anbetracht...«

»Ja, ja. Aber Sie können jetzt nicht in die Station. Die Schotts im gesamten Schiff sind geschlossen.«

»Dann bitte ich darum, in meine Kabine eingeschlossen zu werden, Sir. Ich werde sie noch erreichen können.«

»Stattgegeben. – Irgend jemand soll Sie dorthin begleiten.«

Als Spock gegangen war, beunruhigte Kirk ein anderer Gedanke. Angenommen, Mr. McCoy bekam diesen Anfall jetzt auch. Mit Ausnahme von Spock und dem toten Tormolen hatte er sich ja am längsten einer Ansteckung ausgesetzt. Und von Spock konnte man annehmen, daß er ungewöhnlich widerstandsfähig war. »Leutnant Uhura, Sie können Ihr Pult jetzt auch verlassen. Im Augenblick brauchen wir es sowieso nicht. Suchen Sie sich ein ziemlich langes Telefonkabel und ein Hörgerät. Dann versuchen Sie, damit durch die Kabelschächte über die Krankenstation zu gelangen. Sie werden zwar McCoy hören können, aber er nicht Sie. Versuchen Sie seine Aufmerksamkeit zu erregen und antworten Sie ihm mit Klopfzeichen. Und das Gespräch teilen Sie mir sofort über Ihren Taschensender mit. Und jetzt an die Arbeit!«

»Jawohl, Sir.«

Jetzt war nur noch Kirk auf der Brücke. Ihm blieb nichts anderes übrig, als auf und ab zu gehen und den Bildschirm anzustarren. Noch zwölf Minuten.

Dann summte der Kommunikator in Kirks Hosentasche.

»Hier Kirk.«

»Leutnant Uhura, Sir. Ich habe mit Dr. McCoy Kontakt aufgenommen. Er sagt, er hätte eine teilweise Lösung gefunden.«

»Was versteht er unter teilweise.«

Während er wartete, merkte Kirk, wie sein Mund austrocknete. Leutnant Uhura morste ihm jetzt wahrscheinlich die Frage durch die Decke. Das Metall war ziemlich dick – aber vielleicht benutzte sie einen Hammer – oder er ein Stethoskop.

»Sir, er möchte etwas verteilen – eine Art Gas – durch die Klimaanlage. Er sagt, das kann er von seiner Station aus machen, und es würde sich sehr schnell verbreiten. Es hätte bei Leutnant Sulu gewirkt, und es würde bei den anderen wahrscheinlich auch helfen – wie es auf den gesunden Teil der Mannschaft wirken würde, wüßte er allerdings nicht.«

»Das ist typisch McCoy. Aber fragen Sie ihn, wie er sich selbst fühlt.«

Er mußte wieder sehr lange warten. »Er sagt, er hätte sich sehr schlecht gefühlt, aber jetzt sei alles in Ordnung, dank des Gegenmittels.«

Das konnte stimmen oder auch nicht. Auf jeden Fall, wenn McCoy selbst krank war, wer würde dann dafür garantieren, daß er nicht irgendeine verrückte Gasmischung durch die Ventilation jagte. Andererseits würde es ihn auch nicht aufhalten, wenn man es ihm verböte. Wenn nur endlich diese verdammte Singerei aufhören würde. Kein Mensch konnte mehr einen klaren Gedanken fassen.

»Bitten Sie ihn, er möge Sulu mit Ihnen sprechen lassen, und passen Sie auf, ob er Ihnen einigermaßen normal vorkommt.«

Jetzt blieben ihm nur noch zehn Minuten – einschließlich der Anlaufzeit für die Maschinen. Und keiner wußte, wie schnell sich McCoys Gegenmittel verbreiten würde und wie schnell es wirkte.

»Sir, er sagt, Leutnant Sulu wäre zu erschöpft, und aufgrund der ihm übertragenen Verantwortung möchte er ihn nicht wecken.«

»McCoy hatte sicher die Verantwortung. Aber das könnte ja genausogut ein Täuschungsmanöver sein.«

»Gut«, sagte Kirk nach einer kleinen Pause seufzend, »sagen Sie ihm, er soll damit anfangen.«

»Aye aye, Sir.«

Kirk steckte das Gerät wieder ein. So hilflos hatte er sich noch nie gefühlt. Noch neun Minuten.

Rileys Gesang geriet etwas ins Stocken. Er schien ein paar Worte seines ›Lieds ohne Ende‹ vergessen zu haben. Dann ließ er eine ganze Zeile aus. Er versuchte aber, doch weiterzukommen: La, la, la... Aber auch das hörte sofort auf. Dann war Stille.

Kirk fühlte, wie sein Puls bis zum Hals schlug, er fühlte überhaupt nur noch sich selbst, seinen eigenen Körper. Er beobachtete seine Reaktion. Soweit er es beurteilen konnte, fehlte ihm nichts, er hatte nur Kopfschmerzen. Und er merkte erst jetzt, daß er die schon über eine Stunde hatte. Er ging schnell zu Uhuras Pult und rief den Maschinenraum.

Aus den G.-c.-Sprechern kam ein Klicken und dann, zögernd, die Stimme Rileys: »Hier Riley.«

»Mr. Riley, hier Kirk. Wo sind Sie?«

»Sir, ich... ich bin merkwürdigerweise im Maschinenraum. Ich bin... ich habe meinen Posten verlassen, Sir.«

Kirk atmete erleichtert auf. »Machen Sie sich jetzt nichts draus, Riley. Fahren Sie die Maschinen sofort volle Kraft. Dann öffnen Sie die Tür und lassen Sie den Chefingenieur herein. Und wenn Sie die Tür öffnen, gehen Sie sofort zur Seite, denn er versucht, sie mit Phasern aufzuschneiden. Haben Sie verstanden?«

»Jawohl, Sir. Volle Kraft, dann die Tür – und zur Seite springen. Sir, was soll das alles?«

»Das erfahren Sie später, tun Sie, was ich Ihnen gesagt habe.«

»Jawohl, Sir.«

Kirk öffnete die Verriegelung für die Schotts. Das Dröhnen der sich öffnenden Türen rollte durchs ganze Schiff. Er drückte auf den Hauptalarmknopf. »Alle Offiziere auf die Brücke! Gefahr eines Zusammenstoßes. Noch sechs Minuten!«

Im selben Augenblick begannen die Nadeln der Anzeigeinstrumente auf dem Maschinenkontrollpult langsam hochzuklettern. Riley hatte die Aggregate gezündet – und jetzt rief er mit einer Stimme, die höchstes Bedauern ausdrückte, durch das Intercom: »Der angekündigte Tanz auf der Bowlingbahn fällt heute abend aus.«

Nachdem sie sich auf einer neuen Umlaufbahn um die sich immer weiter auseinanderbewegende Masse von La Pig befanden, hatte Kirk endlich Zeit, McCoy ein paar Fragen zu stellen. Der Arzt ruhte in seinem Sessel wie ein welkes Blatt. Kein Wunder, er hatte am längsten von allen durchgehalten. Aber er stellte trotzdem sofort wieder eine seiner charakteristischen indirekten Fragen: »Verstehst du etwas von Kakteen, Jim?«

»Nur das, was die meisten anderen auch wissen. Sie wachsen in der Wüste, und sie stechen. O ja, und einige können Wasser speichern.«

»Richtig, und auf das kommt es an. In manchen Museen zum Beispiel gab es Kakteen, die erst nach fünfzig oder siebzig Jahren zu treiben anfingen. Und sogar ägyptischer Weizen, der Tausende von Jahren in den Pharaonengräbern lag, kann manchmal noch keimen.«

Kirk wartete geduldig. Er wußte genau, daß McCoy seine Zeit brauchte, um an einen bestimmten Punkt zu kommen.

»Der Grund dafür ist, daß es eine spezifische Form von gebundenem Wasser gibt. Ganz gewöhnliche Kristalle, zum Beispiel Kupfersulfat, haben lose an ihre Moleküle gebundenes Wasser. Deswegen ist das Kupfersulfat blau und giftig. Ohne das Wasser ist es ein giftiges grünliches Pulver. Nun, organische Moleküle können das Wasser viel besser binden, es zum Teil sogar ins Molekül integrieren, anstatt es nur lose anzuhängen. Nach vielen Jahren etwa kann dieses Wasser wieder frei werden und steht den Kakteen oder Weizenkörnern als Keimflüssigkeit zur Verfügung, und der Kreislauf des Lebens beginnt von neuem.«

»Eine bewundernswerte Einrichtung«, sagte Kirk. »Aber ich verstehe immer noch nicht, warum wir deswegen beinahe alle dran glauben mußten.«

»Natürlich waren es die Proben, die Mr. Spock zurückbrachte. Sie enthielten einen Katalysator, der die Wasserbindung sehr stark förderte. Solange er nichts hatte, was er binden konnte, verband er sich mit sich selbst. Aber sowie er in das Blut geriet, bewirkte er, daß sich das Blutserum mit ihm verband. Deswegen konnte das Blut keine Nährstoffe mehr aufnehmen, sagen wir: aus dem Blutzucker zum Beispiel, was für das Gehirn seine Folgen hatte, daher zuerst die psychischen Symptome. Und so wie der Prozeß fortschritt, verdickte sich das Blut, es konnte nicht mehr durch die feineren Kapillargefäße fließen, daher der Kreislaufkollaps Joes.

Sowie ich mir darüber klar war, mußte ich einen Weg finden, diesen Katalysator unwirksam zu machen. Die Gefahr lag darin, daß Katalysatoren ja an keiner chemischen Reaktion, die sie allerdings bewirken, direkt beteiligt sind und sich deswegen auch nicht in ihrer Anzahl verringern. Deshalb konnten sie isoliert in jedem Schweiß- und Blutstropfen, durch die Atmung, durch irgendeine Körperflüssigkeit übertragen werden. Ich glaube sogar, daß sich ihre Anzahl durch einen virusähnlichen Vorgang noch vergrößert hat. – Ich mußte jedenfalls die chemische Zusammensetzung dieses Katalysators so verändern, daß er diese Reaktion nicht mehr bewirken konnte. Das richtige Mittel fand ich allerdings nicht so schnell. Und wie ich Leutnant Uhura schon sagte, war ich mir gar nicht sicher, welche Wirkung dieses Mittel auf die Gesunden an Bord haben würde. – Gott sei Dank keine.«

»Um Himmels willen«, rief Kirk. »Jetzt fällt mir etwas ein. Spock hatte sich kurz vor dem Höhepunkt der Krise krank gemeldet, und er ist noch nicht zurück. Leutnant Uhura, rufen Sie Mr. Spock in seiner Kabine.«

»Ja, Sir.«

Aus der Bordsprechanlage klang Musik. Eine Art arabischer Sing-Sang, auf einem Instrument, das Spock nur in seiner Kabine spielte, weil es an Bord niemand sonst ausstehen konnte. Dazu sang er mit rauher, röhrender Stimme: »Alab, wes-craunish, sprai pu ristu, Or em r'ljiik majiiv auooo...«

Kirk schaltete sofort ab. »Ich kann nicht entscheiden, ob ihm etwas fehlt oder nicht. Das könnte wohl nur ein Vulkanier. Aber ich glaube, Pille, dein Gegenmittel hat auf ihn offenbar anders gewirkt als auf uns. Du gehst wohl besser zu ihm.«

»Sobald ich etwas finde, womit ich mir die Ohren zustopfen kann.«

Aus Spocks Kabine erklang es wieder: »Rijii, bebe, p'salku pirtu, Frar om...«

Die Stimme hob sich zu leidenschaftlicher Steigerung, und Kirk mußte wieder abschalten. Wie gerne hätte er jetzt Rileys »I'll take you home again, Kathleen« gehört.

Andererseits, wenn Spock dasselbe bei Rileys Gesang empfunden hätte, wäre seine Krankheit hinreichend erklärt. Mit einem erleichterten Seufzer lehnte sich Kirk zurück. Auf dem Bildschirm beobachtete er die letzte Phase des Untergangs von La Pig. Der Planet war jetzt nicht mehr viel mehr als eine sich ständig verändernde Formation von Staub, etwa so, wie ein menschliches Gehirn aussehen mochte, das sich in einer Flüssigkeit auflöste.

Der Vergleich erschien ihm doch etwas oberflächlich. Wenn ein Planet sich auflöste, dann war es damit vorbei. Gehirne aber waren etwas anderes.

Bei einer winzigen Chance – setzten sie sich manchmal wieder zusammen.

Manchmal.

Miri

SOS: Dieser Ruf löste auch im Weltraum fieberhafte Aktivität aus. Aber warum eben dieses eine SOS auf der Kommandobrücke der *Enterprise* soviel Neugier, ja fast Ungläubigkeit hervorrief, hatte seinen besonderen Grund. Die geringste Schwierigkeit bestand darin, festzustellen, woher das Signal kam: nicht von einem Schiff in Not, sondern von einem Planeten. Es wurde auf dem 21-Zentimeter-Band gesendet, und zwar von Generatoren, die stärker waren, als sie auch das größte Sternenschiff an Bord haben konnte.

Aber ein ganzer Planet in Not? Die Überraschungen sollten erst noch kommen. Es handelte sich um den vierten Planeten des Sonnensystems von 70 Ophiucus, eine Sonne, deren Entfernung zur Erde etwas weniger als 15 Lichtjahre beträgt.

Theoretisch könnten diese Signale sowieso erst nach einer guten Dekade von Jahren auf der Erde empfangen werden. Und dazu kam noch ein Nachteil: Von der Erde aus gesehen liegt 70 Ophiucus mitten in der Milchstraße. Das heißt, der dichteste Teil der Galaxis mit seinen unvorstellbar großen Wolken aus freien Wasserstoffatomen liegt von der Erde aus gesehen direkt hinter dem 70-Ophiucus-System mit seinen Planeten. Und diese Wolken emittieren eine 21-Zentimeter-Strahlung, die etwa vierzigmal stärker ist als das durchschnittliche kosmische Rauschen in diesem Frequenzband. Nicht einmal bei höchster Leistung hätten sich die riesigen Sender des Planeten mit einem verständlichen Signal vor diesem stellaren Feld bemerkbar machen können; und selbst wenn es so einfach gewesen wäre wie ein SOS. Leutnant Uhura war das Signal auch nur deshalb aufgefallen, weil sich die *Enterprise* gerade auf einer Flugbahn dem Raumsektor näherte, dessen Mittelpunkt die Erde ist und der einen Durchmesser von 100 Lichtjahren hat, die nahezu senkrecht zur Ebene der Galaxis verlief. 70 Ophiucus lag für die *Enterprise* vor dem Hintergrund des intergalaktischen Raums. Aber alle diese Tatsachen wurden unwichtig im

Vergleich zu dem, was die Datenspeicher der *Enterprise* über diesen vierten Planeten von 70 Ophiucus aussagten. Es war der erste extrasolare Planet überhaupt, der von der Erde aus kolonialisiert wurde. Und zwar von einer kleinen, gut ausgerüsteten Gruppe von Flüchtlingen, die vor mehr als fünfhundert Jahren den politischen Wirren des sogenannten »Kalten Friedens« zu entrinnen versuchten. In der ganzen Zeit hatte man dem Planeten nur einmal einen Besuch abgestattet. Die Siedler, die ihre auf der Erde gemachten Erfahrungen noch nicht vergessen hatten, eröffneten kurzerhand das Feuer – und dieser Hinweis wurde allgemein richtig verstanden. Schließlich gab es in der Galaxis noch interessantere Systeme als 70 Ophiucus, an dem die erste Kolonisationswelle schon vor ein paar Jahrhunderten vorbeigerollt war. Man überließ kurzerhand die paar Flüchtlinge ihrem Schicksal in ihrer selbstgewählten Isolation.

Aber jetzt riefen sie um Hilfe.

Wenn sie sich dem Planeten auf Sichtweite näherten, verstanden sie, warum sich die Kolonisten gerade diesen ausgesucht hatten. Rein äußerlich schon sah er der Erde bemerkenswert ähnlich. Gewaltige Meere bedeckten ihn, umhüllt von darüber hinwegziehenden Wolken. Fast eine ganze Hemisphäre war von einer ausgedehnten rhombusförmigen Landmasse bedeckt, grün und bergig; die andere wies zwei kleinere, etwa dreieckige Kontinente auf, verbunden durch eine Inselkette, von der einige Inseln größer als Borneo waren. Bei stärkerer Vergrößerung konnte man die geometrischen Umrisse einiger größerer Städte erkennen – aber erstaunlicherweise fast nichts von den Schachbrettmustern irgendwelcher Land- oder Feldkulturen.

Auf der Nachtseite des Planeten nicht der geringste Schimmer von Licht, keine Radio- oder TV-Sendungen, nicht ein Anzeichen des gewaltigen Energieumsatzes, den eine technisierte Zivilisation Stunde für Stunde produzierte. Die Rückrufe der *Enterprise,* die inzwischen schon auf Umlaufbahn gegangen war, blieben ohne Antwort. – Nur dieses ständige SOS, das etwas beängstigend Mechanisches an sich hatte.

»Was auch immer da unten los war«, sagte Spock, »wir sind offenbar zu spät gekommen.«

»Sieht so aus«, sagte Kirk. »Aber wir werden uns trotzdem umsehen. Mr. Spock, Dr. McCoy, Bootsmann Rand und zwei Wachen melden sich mit vollständiger Ausrüstung bei mir im Transporterraum.«

Sie hatten sich die größte Stadt, und darin den größten Platz, den sie auf dem Bildschirm entdecken konnten, für ihr Landeunternehmen ausgesucht. Kein Mensch weit und breit, und Kirk war nicht einmal sonderlich überrascht, als er sich umsah.

Die Architektur war ungefähr die des 21. Jahrhunderts. Das war die Zeit, als die Kolonisten ausgezogen waren. – Nur schien sie während der ganzen Zeit niemals bewohnt gewesen zu sein. Eine seit langem wirkende Erosion hatte überall ihre Spuren hinterlassen; die Straßen waren aufgesprungen, und alles war von hohem Unkraut überwuchert. Die Fenster standen offen, die meisten waren eingeschlagen, und der Wind hatte regelrechte Sanddünen an den Straßenkreuzungen zusammengetragen. Hier und dort auf dem Platz standen in sich zusammengesackte Häufchen von zerblätterndem Rost, wahrscheinlich Reste von Fahrzeugen.

»Sieht nicht nach Krieg aus«, sagte Spock.

»Eine Seuche vielleicht?« meinte McCoy. Und beide flüsterten, als fürchteten sie, die Ruhe der toten Stadt zu stören.

In der Nähe eines fast vollkommen mit Staub bedeckten Denkmals lag ein kleines Fahrzeug – ein Dreirad, wie es Kinder benutzen. Es war zwar auch verrostet, aber es schien noch intakt zu sein, als ob es die meiste Zeit in einem Schuppen oder Keller gepflegt worden wäre. Am Lenkrad war eine runde Metallglocke, und aus irgendeinem Grund, über den er sich selbst nicht klar war, ließ Kirk diese Glocke schrillen.

Unangenehm gellend zersprengte das Geräusch die Stille. Der klagende Ton fand sofort ein Echo. Es tauchte hinter ihrem Rücken auf. Eine fast unmenschlich klingende Stimme voll Zorn und Wut schrie: »Meins! *Meins!*«

Sie wirbelten herum, um zu sehen, wer diesen schrecklichen Schrei ausgestoßen haben mochte. Ein menschenähnliches Wesen war im Eingang eines Hauses aufgetaucht, stieß die Arme in die Luft und kam kreischend auf sie zugerannt: »Meins! Meins!« Es bewegte sich zu schnell, als daß Kirk es genau erkennen konnte. Sein erster Eindruck war nur der von Schmutz und daß die arme Kreatur am ganzen Körper zitterte und sehr alt war. Und dann sprang sie McCoy an und schlug ihn zu Boden.

Jeder stürzte natürlich sofort zur Hilfe, aber der Fremde war so unglaublich stark, wie es nur ein in höchstem Grade Verrückter sein konnte. Einen Augenblick lang sah Kirk sein Gesicht. – Es war ein uraltes Gesicht, von Wildheit und Haß entstellt, der Mund ohne Zähne, und in den Augen waren Tränen. Kirk schlug zu – aufs Geratewohl.

Der Schlag hatte auf keinen Fall voll getroffen, aber die Kreatur heulte auf und fiel auf das Kopfsteinpflaster. Es war tatsächlich ein alter Mann, bekleidet mit Segeltuchschuhen, Shorts und einem schmutzigen ausgefransten Hemd. Seine Haut war mit Flecken übersät, die in allen Farben schimmerten, aber merkwürdig war, daß das Gesicht überhaupt keine Falten hatte.

Der Mann lag am Boden und schluchzte, dann drehte er sein altes Gesicht zu dem Dreirad hin und streckte zittrig seine Hand danach aus. »Festhalten«, sagte er, von lautem Schluchzen unterbrochen. »Irgend jemand festhalten.«

»Sicher«, sagte Kirk, und beobachtete ihn gespannt. »Wir halten es schon fest.«

Der Mann kicherte. »Schwindel, alles Schwindel«, sagte er. Dann stieg die Stimme wieder zu dem entsetzlichen Wutschrei an. »Ihr habt es kaputtgemacht! Schwindel! Schwindel!«

Die gespreizte zitternde Hand packte das Dreirad, als ob sie damit auf jemanden einschlagen wollte, aber dann schien die Kreatur die Flecken auf ihrem nackten Arm zu sehen. Das Wutgeheul erstarb in einem leisen Wimmern. »Festhalten! – Bitte festhalten...«

Die Augen traten aus dem Gesicht hervor, und die Brust hob sich in heftigen Atemstößen, dann fiel er nach hinten auf das Pflaster. War er plötzlich gestorben? – McCoy kniete sich neben ihm nieder und untersuchte ihn mit dem Tricorder.

»Völlig unmöglich«, murmelte er verblüfft.

»Daß er tot ist?« fragte Kirk.

»Nein, daß er überhaupt hatte leben können. Seine Körpertemperatur liegt über einundfünfzig. Er muß innerlich verbrannt sein. Niemand kann mit einer solchen Körpertemperatur leben.«

Kirk fuhr plötzlich hoch. Er hatte ein Geräusch gehört. Es schien aus einer kleinen Seitengasse zu ihrer Linken zu kommen.

»Noch jemand«, flüsterte er. »Er hat uns wohl heimlich beobachtet. Vielleicht können wir ihn fangen und einige Auskünfte erhalten... Los!«

Sie stürmten in die Seitengasse hinein, aber sie hörten nur noch Schritte, die sich hastig entfernten.

Die Gasse hatte keinen Ausgang, sondern an ihrem Ende stand ein Appartementhaus. Das Wesen konnte sich sonst nirgendwo versteckt haben. Vorsichtig traten sie ein und zogen ihre Pistolen.

Ihre Suche führte sie schließlich in eine Art Wohnzimmer. Dort standen ein verstaubtes altes Klavier, und auf einem Notenständer ein aufgeschlagenes Übungsheft für Kinder. Über eine der stockfleckigen Seiten stand gekritzelt: ›Übung, Übung, Übung!‹ Aber es gab nirgends ein Versteck, mit Ausnahme vielleicht einer kleinen Tür, hinter der sie eine Kammer vermuteten. Als Kirk an der Tür horchte, glaubte er dahinter heftiges Atmen zu hören, und dann ganz deutlich das Geräusch einer knarrenden Diele. Er winkte die anderen herbei und bedeutete ihnen, ihm Deckung zu geben.

»Komm raus«, rief er. »Wir tun dir nichts. – Los! Komm raus!«

Keine Antwort, aber das Atmen war jetzt deutlich zu hören. Mit einem Ruck stieß er die Tür auf.

Mitten in einem Haufen alter Kleider, Schuhe und einem staubigen alten Regenschirm kauerte ein dunkelhaariges junges Mädchen von etwa vierzehn Jahren – vielleicht noch jünger. Sie schien vor Angst ganz gelähmt zu sein.

»Bitte, tut mir nichts. Warum seid ihr wieder zurückgekommen?«

»Wir wollen dir nichts tun«, sagte Kirk. »Wir wollen helfen.« Er streckte ihr die Hand hin, aber sie kroch nur noch weiter zurück. Hilflos blickte er die anderen an, bis Adjutant Rand vortrat und sich vor den Eingang zur Kammer hinkniete.

»Ist schon gut«, sagte sie. »Niemand wird dir etwas tun. Wir versprechen es dir.«

»Ich weiß noch genau, was ihr alles für Sachen gemacht habt«, sagte das Mädchen, ohne sich zu bewegen. »Ihr habt die Leute angeschrien, verbrannt, verwundet...«

»Das waren aber nicht wir. Komm heraus und erzähl uns, was geschehen ist.«

Das Mädchen blickte sie ungläubig an, aber dann ließ sie es zu, daß Janice sie aus der Kammer heraus und zu einem Sessel führte. Wolken von Staub erhoben sich, als sie sich setzte, und sie schien bereit zu sein, im nächsten Moment wieder aufzuspringen und davonzulaufen.

»Ihr habt ein neues Spiel hier«, sagte sie. »Aber ich kann nicht mitspielen, ich kenne die Regeln nicht.«

»Wir auch nicht«, sagte Kirk. »Aber sag mal, was ist denn den Menschen hier zugestoßen? War ein Krieg oder eine Seuche? Oder sind sie woanders hingezogen und haben dich hier vergessen?«

»Ihr solltet es ja eigentlich wissen. Ihr habt es ja getan – ihr und die anderen Grups«.*

»Grups? Was sind Grups?«

Das Mädchen sah Kirk erstaunt an. »Ihr seid Grups. Alle Alten.«

»Erwachsene«, sagte Janice. »Sie meint die Erwachsenen, Captain.«

Spock hatte inzwischen in aller Ruhe das Zimmer mit dem Tricorder untersucht und sah Kirk ganz verwirrt an.

»Hier kann sie nicht gelebt haben, Captain. Die Staubschichten sind seit wenigstens dreihundert Jahren nicht mehr verändert worden. Wahrscheinlich sind sie sogar noch älter. Keine Radioaktivität, keine chemischen Verunreinigungen – einfach nichts als ganz alter Staub.«

Kirk wandte sich wieder an das Mädchen. »Also, mein Fräulein, wie heißt du denn überhaupt?«

»Miri.«

»Also gut, Miri, du sagtest, die Grups hätten etwas getan. Die Menschen verbrannt, geschlagen – warum?«

»Sie taten es, weil die Krankheit bei ihnen ausbrach. Wir mußten uns verstecken.« Sie sah Kirk erwartungsvoll an. »Ich mache das doch richtig? – Ist es das richtige Spiel?«

»Doch, du machst das ganz fein. Du sagtest, daß die Erwachsenen krank wurden. Sind sie dann gestorben?«

»Grups sterben immer.« Ganz abgesehen davon, daß das sowieso eine Binsenweisheit war, brachte sie diese Antwort überhaupt kei-

* Grups = Grown-ups = Erwachsene

nen Schritt weiter.

»Und was war mit den Kindern los?«

»Oh, die? Die Einzelgänger? Die natürlich nicht. Wir sind alle hier.«

»Mehrere?« fragte McCoy schnell. »Wie viele?«

»Alle. Wir sind alle hier.«

»Mr. Spock«, sagte Kirk. »Nehmen Sie die Wachen und sehen Sie zu, ob Sie noch ein paar Überlebende finden können«, dann wandte er sich wieder der Kleinen zu: »So, die Grups sind alle weg, sagtest du?«

»Also, wenn es passiert – weißt du – wenn es einem einzelnen passiert, dann wirst du wie die andern auch. Du willst dich auf die Menschen stürzen, wie sie es alle gemacht haben.«

»Miri«, sagte McCoy, »draußen hat uns jemand angegriffen. Hast du das gesehen? War das ein Grup?«

»Oh, das war Floyd«, sagte sie und begann zu zittern. »Ihm ist es passiert. Er ist einer geworden. – Bei mir ist es jetzt auch soweit. Deswegen kann ich auch nicht mehr bei meinen Freunden sein. In der Minute, in der es mit einem passiert, fürchten sich die anderen... Ich mag euer Spiel nicht. Es ist nicht lustig.«

»Wovor fürchten sie sich?« bohrte Kirk weiter.

»Du hast doch Floyd gesehen. Sie möchten alles kaputtmachen. Zuerst bekommst du diese schrecklichen bunten Flecken auf deiner Haut. Dann wirst du ein Grup und willst die Menschen kaputtmachen, töten.«

»Aber wir sind anders«, sagte Kirk. »Wir haben einen weiten Weg hinter uns, wir kommen von einem ganz entfernten Stern. Und wir wissen eine Menge Dinge. Vielleicht können wir euch helfen, wenn ihr uns auch helft.«

»Grups helfen nicht«, sagte Miri. »Sie haben das ja alles angerichtet.«

»Aber wir haben damit nichts zu tun und möchten, daß es anders wird. Und wenn du uns vertraust, geht das vielleicht.«

Janice berührte ihr Gesicht. »Bitte.« Nach einer Weile erschien das erste schüchterne Lächeln auf Miris Gesicht.

In diesem Moment setzte draußen ein Höllenspektakel ein, als hätte jemand eine Mülltonne voller leerer Konservenbüchsen auf dem Dach ausgeleert, dann das zornige, wespenartige Summen einer abgefeuerten Phaserpistole.

Weit weg rief eine Kinderstimme: »Nyah, nyah, nyah, nyaaah!«

»Wachen!« Das war Spocks Stimme.

Von allen Seiten her riefen jetzt Kinderstimmen: »Nyaah, nyaah, nyah, nyah, nyah!«

Dann war Stille, bis auf die Echos, die langsam an den Häuserwänden erstarben.

»Es scheint, daß sich deine Freunde lieber verstecken.«

»Vielleicht gehen wir auch falsch vor, Jim«, sagte McCoy. »Was immer hier geschehen ist, es müssen Aufzeichnungen da sein. Wenn wir irgend etwas Vernünftiges unternehmen wollen, müssen wir uns zuerst Klarheit über den Fall verschaffen. Ich glaube, der geeignete Ort dafür dürfte das öffentliche Gesundheitsamt sein. Miri, hast du verstanden? Gibt es hier einen Ort, wo die Ärzte gearbeitet haben? Vielleicht ein großes öffentliches Gebäude?«

»Ich kenne den Ort«, sagte sie voll Abscheu. »Sie und ihre Nadeln. Das ist kein guter Ort. Niemand von uns geht dorthin.«

»Aber wir müssen dorthin. Es ist wichtig, wenn wir euch helfen sollen. Willst du uns hinführen?«

Er streckte ihr seine Hand hin, und nach einem kurzen Zögern nahm sie sie. Sie blickte zu ihm auf, als wäre ein Wunder geschehen.

»Jim ist ein hübscher Name. Ich mag ihn.«

»Mir gefällt deiner auch. Und ich mag auch dich.«

»Ich weiß, daß du mich magst. Du kannst gar kein Grup sein. Du bist – du mußt etwas anderes sein.« Sie lächelte und stand mit einer anmutigen Bewegung auf. Da fühlte er, wie ihre Hand zuckte, und ganz langsam und vorsichtig löste sie den Griff.

»Oh!« sagte sie mit erstickter Stimme. »Du auch schon!«

Er blickte auf seine Hand und ahnte schon, was er sehen würde. Auf seinem Handrücken war ein taubeneigroßer blauer Fleck, der sich langsam und unregelmäßig ausbreitete.

Das Labor war wider Erwarten vorzüglich eingerichtet, und da es verschlossen war und außerdem keine Fenster hatte, war die Staubschicht auf den Geräten und Arbeitstischen bei weitem nicht so dick, wie sie befürchtet hatten. Seine Größe und die Tatsache, daß keine Fenster da waren, machte den Aufenthalt so bedrückend wie in einer unterirdischen Gruft. Aber keiner verlor ein Wort darüber; Kirk war heilfroh, daß es für Plünderer, die es hätten aufbrechen und zerstören können, offenbar nicht anziehend genug gewesen war.

Die blauen Flecken tauchten jetzt bei jedem von ihnen auf. Bei Spock waren sie am kleinsten und schienen sich auch langsamer zu verbreiten. Das war bei seiner nichtirdischen Abstammung auch zu erwarten gewesen. Es bewies aber auch, daß er nicht vollkommen immun dagegen war, er war nur etwas widerstandsfähiger.

McCoy hatte inzwischen Abstriche von Gewebeproben, die er ihrer Haut entnommen hatte, gemacht. Einige hatte er gefärbt, andere auf verschiedene Nährböden übertragen. Auf einer Blutprobe hatte sich eine runzlige, leuchtend blaue Kolonie gebildet, und es stellte sich heraus, daß sie aus aktiven, äußerst vermehrungsfreudigen Bakterien bestand, die den Spirochäten ziemlich ähnlich sahen.

McCoy aber war überzeugt, daß diese Bakterien nicht die Ursache der Seuche waren, sondern daß ihnen im Gegenteil wahrscheinlich eine Art Hilfsfunktion zukam.

»Fest steht, daß sie von keinem der Versuchstiere, die ich vom Schiff hatte herunterkommen lassen, angenommen werden. Ich kann also schon mal Kochs erstes Postulat nicht erfüllen. Dann ist die Anzahl der Zellteilungsmuster in den gefärbten Proben ungewöhnlich hoch – das ganze sieht eher aus wie ein Mittelding zwischen schuppenförmiger Zellverschmelzung und freiem Plasma. – Und drittens sind in den Chromosomenanordnungen derart viele Veränderungen...«

»Uff, du hast mich vollkommen überzeugt«, sagte Kirk mit sichtlichem Protest. »Aber was soll das heißen?«

»Ich glaube, daß der Erreger dieser Seuche ein Virus ist. Die Spirochäten können dabei natürlich schon eine Rolle spielen; auf der Erde gibt es eine Krankheit, Vincents Angina, die durch das Zusammenwirken zweier Mikroorganismen hervorgerufen wird, die gewissermaßen Hand in Hand arbeiten.«

»Sind die Spirochäten eigentlich übertragbar?«

»Sogar im höchsten Grade. Eine Berührung genügt. Du und Bootsmann Rand habt euch wahrscheinlich bei Miri angesteckt und wir übrigen an euch.«

»Dann werde ich zunächst einmal dafür sorgen, daß sich unser Kreis nicht vergrößert.« Kirk zog seinen Kommunikator heraus: »Kirk an *Enterprise*. Niemand, ich wiederhole, niemand und unter keinen Umständen, darf vom Schiff auf diesen Planeten gebeamt werden. Der Planet ist in höchstem Grad verseucht. Und richten Sie für unsere Rückkehr eine vollständige Desinfizierkammer sowie eine Isolierstation ein.«

»Computer?« murmelte McCoy.

»Ach ja, und schicken Sie uns den größten verfügbaren Bio-Computer herunter – wir haben eine Menge Arbeit für das Katzenhirn. Wenn wir ihn zurückschicken, muß auch er sorgfältig desinfiziert werden. Verstanden?«

»Captain«, rief Spock. Er hatte die ganze Zeit in Aktenschränken herumgestöbert, die eine ganze Wand des Labors einnahmen. Er hatte einen Ordner in der Hand und winkte Kirk, herzukommen. »Ich glaube, ich habe etwas gefunden.«

Alle bis auf McCoy, der an seinem Mikroskop blieb, eilten zu ihm hinüber. Spock gab Kirk den Ordner und zog weitere aus dem Schrank. »Da müssen Hunderte von Leuten daran gearbeitet haben. Diese ganzen Daten verdaut ein tragbarer Bio-Computer nicht unter einem Jahr.«

»Dann füttern wir das Zeug einfach über einen Kommunikator in den Schiffscomputer«, sagte Kirk. Er sah sich den Ordner genauer an. Das Schriftstück trug die Überschrift:

Projekt ›Verlängerung des menschlichen Lebens‹
Genetische Abteilung
Bericht über weitere Fortschritte

»Darum ging es also«, sagte Janice Rand.

»Wir wissen es noch nicht«, sagte Kirk, »aber wenn es stimmen sollte, dann war das die größte Fehlzündung, die mir in der ganzen Galaxis begegnet ist. – Also, worauf warten wir noch? Miri, du kannst uns auch helfen: Du legst diese Ordner nach Kategorien geordnet auf den großen Tisch dort drüben. Alles was Genetik betrifft, alles über

Virologie, alles über Immunologie usw. Und frage mich nicht, was die Wörter bedeuten, ich weiß es auch nicht; sortiere einfach alles auseinander.

Mit einer Langsamkeit, die einen verrückt machte, wurde das Bild deutlicher. Das Grundprinzip war fast von Anfang an klar gewesen: Man hatte versucht, den Vorgang des Alterns dadurch aufzuhalten, indem man mutierte Körperzellen einzeln zu regenerieren versuchte. Das Altern ist ja in erster Linie eine wachsende Ansammlung von Zellen im Körper, deren normale Funktionen durch Mutationen gestört sind. Die Mutationen entstehen dadurch, daß einige freie Radikale in den Zellkern eindringen und dort den genetischen Code verändern. Ihre Wissenschaftler mußten ganz genau gewußt haben, daß sie die freien Radikalen nicht isolieren konnten, denn sie entstanden überall und immer wieder neu durch Strahlung, durch das Sonnenlicht, durch Verbrennung und sogar durch die Verdauung. Statt dessen versuchten sie, eine sich selbst regenerierende virusähnliche Substanz zu finden, welche so lange passiv im Blutkreislauf blieb, bis ein tatsächlicher Schaden an irgendwelchen Zellen entstand. Der Virus würde dann in die Zelle eindringen und das zerstörte Element ersetzen. Sie hatten diese Substanz wahrscheinlich den Kindern pränatal injiziert, also bevor die Abwehrmechanismen des Körpers vollständig ausgeprägt waren, so daß der Körper diese Substanz rechtzeitig als körpereigen akzeptieren konnte. Diese Substanz würde dann so lange im Körper inaktiv bleiben, bis sie durch die Pubertätshormone sozusagen ›scharf‹ gemacht wurde. Sie konnte also den normalen Wachstumsprozeß nicht vorzeitig stören.

»Ich habe in meinem ganzen Leben noch kein Projekt von ähnlicher Kühnheit kennengelernt«, sagte McCoy. »Wenn es zufällig funktioniert hätte, wäre es das ideale Verhütungsmittel für Krebs gewesen. Denn Krebs ist ja im Grunde auch nichts anderes als eine lokale Explosion des Alterns in einer besonders bösartigen Form.«

»Aber es hat nicht funktioniert«, sagte Spock. »Die Substanz, die sie gefunden hatten, war zu sehr Virus – und sie haben die Kontrolle darüber verloren. Natürlich verlängert sie das Leben – aber nur das von Kindern. Wenn dann die Pubertät einsetzt, müssen sie sterben.«

»Wie lange?« fragte Janice. »Sie meinen, um wieviel sie das Leben verlängert? Wir wissen es nicht. Das Experiment scheint nicht beendet worden zu sein. Wir kennen nur die Parameter: Eine geimpfte Person altert – physiologisch gesehen – etwa einen Monat in hundert Jahren normaler Zeit. Bei den Kindern war es wahrscheinlich so.«

Janice starrte Miri an. »Einen Monat in hundert Jahren? Und das Experiment war vor dreihundert Jahren! Ewige Kindheit... Es ist wie ein Traum.«

»Ein Alptraum, Bootsmann«, sagte Kirk. »Wir lernen durch Vorbilder und Verantwortung. Alles das können Miri und ihre Freunde nicht. Es ist eine Sackgasse.«

»Und an ihrem Ende steht ein besonders häßlicher Tod«, stimmte McCoy zu. »Aber es ist erstaunlich, daß so viele Kinder überlebt haben. Miri, was habt ihr gemacht, als alle Grups tot waren?«

»Wir hatten Spiele – und viel Spaß. Niemand hat uns mehr gesagt, das dürfen wir nicht tun. Und wenn wir hungrig waren, brauchten wir uns nur etwas zu nehmen. Sind noch viele Sachen da, in Dosen, und viele Mommies.«

»Mommies?«

»Ja, weißt du«, und sie machte mit der Hand eine Bewegung, die das Öffnen von Büchsen andeutete. »Jim... jetzt... jetzt, wo du alles herausgefunden hast..., wirst du jetzt wieder fortgehen?«

»Aber nein, wir wollen noch viel mehr wissen. Eure Grups haben ihre Experimente anscheinend in bestimmte Abschnitte gegliedert, eine Art von Zeitplan eingehalten. Haben Sie Unterlagen über so etwas Ähnliches entdeckt, Mr. Spock?«

»Nein, Sir; sehr wahrscheinlich haben sie ihn woanders aufbewahrt. Wenn das mein Projekt wäre, würde ich den in einen Tresor schließen. Er ist ja der Schlüssel zu dem Ganzen.«

»Ich fürchte, Sie haben recht. Und solange wir den nicht haben, Miri, können wir den Virus nicht bestimmen, ihn nicht synthetisch herstellen und auch keine Gegenimpfung vornehmen.«

»Das ist gut«, sagte Miri. »Du gehst also noch nicht. Dann können wir noch viel Spaß miteinander haben – bis es passiert.«

»Wir können es vielleicht immer noch aufhalten. Mr. Spock, ich nehme an, die anderen Kinder haben Sie nicht herangelassen?«

»Keine Aussicht. Sie kennen das Gelände viel zu gut. Sie verschwinden wie die Mäuse in ihren Löchern.«

»Gut, dann versuchen wir's anders. Miri, willst du uns helfen, ein paar von ihnen zu finden?«

»Ihr werdet keine finden«, sagte sie überzeugt. »Sie haben Angst vor euch. Und vor mir jetzt auch, seit...«

»Wir werden es ihnen erklären.«

»Den Einzelgängern?« sagte das Mädchen. »Das geht nicht. Es ist nämlich das Beste daran, ein Einzelgänger zu sein. Niemand erwartet von dir, daß du etwas verstehst.«

»Aber du verstehst doch.«

Plötzlich füllten sich ihre Augen mit Tränen. »Ich bin ja kein Einzelgänger mehr«, sagte sie und lief zur Tür hinaus.

Janice sah ihr mitleidig nach.

»Dieses kleine Mädchen...«

»...ist dreihundert Jahre älter als Sie, Bootsmann«, ergänzte Kirk den Satz. »Ziehen Sie noch keine Schlüsse daraus. Es muß bei ihr irgendeinen Unterschied ausmachen, ob wir den jetzt kennen oder nicht.«

Nach einer Minute war Miri wieder zurück, und die Tränen waren vergessen, als hätte es sie nie gegeben. Sie sah sich nach einer Arbeit um. Mr. Spock gab ihr Bleistifte zum Spitzen, von denen es in dem alten Labor große Mengen gab. Mit viel Eifer und glücklich über ihre Aufgabe machte sie sich an die Arbeit, aber die ganze Zeit über ließ sie Kirk nicht aus den Augen. Und er versuchte, so zu tun, als bemerkte er es nicht.

»Captain? Hier ist Farrell auf der *Enterprise*. Wir sind mit dem Computer soweit.«

»In Ordnung. Bleiben Sie am Apparat. Mr. Spock, was brauchen Sie zuerst?«

Miri hielt eine ganze Handvoll Bleistifte in die Höhe. »Sind das genug?«

»Äh? Wir... Wir brauchen noch mehr, wenn es dir nichts ausmacht?«

»Aber nein, Jim. Warum sollte es mir etwas ausmachen?«

»Dieser Kerl hier«, sagte Spock und legte einen Stoß Aufzeichnungen auf den Tisch, »muß das in den letzten Wochen geschrieben haben, als das Unglück schon passiert war. Die letzten Eintragungen werden uns wohl wenig helfen, weil er selbst geschrieben hat, er wäre schon zu krank, um noch genau zu wissen, ob er nicht selbst schon im Delirium sei, und ich muß ihm recht geben. Aber die früheren Einträge könnten uns darüber Aufschluß geben, wieviel Zeit uns noch bleibt. Und soviel wir gesehen haben, dürfte uns allen klar sein, wie das Endstadium aussieht. Wir werden uns gegenseitig umbringen.«

»Steht nichts darin, womit wir den Virusstamm identifizieren könnten – oder wenigstens seine chemische Zusammensetzung?« fragte McCoy.

»Kein Wort. Er hat angenommen, daß ein anderer diesen Bericht schreibt. Vielleicht hat es auch jemand getan, und wir haben es noch nicht gefunden, oder es war schon der Anfang seiner Halluzinationen. Jedenfalls sind die ersten Anzeichen: Fieber... Schmerzen in den Gelenken... der Blick wird trüb, dann setzt nach und nach die Raserei ein. Nebenbei bemerkt, Dr. McCoy, das mit den Spirochäten stimmt tatsächlich. Sie sind nur daran beteiligt, aber sie sind für die Tobsucht verantwortlich, nicht der Virus. Bei uns wird es zweifellos nicht so lange dauern, weil wir diese Krankheit nicht so lange latent mit uns herumgetragen haben wie Miri.«

»Und was wird mit ihr?« fragte Kirk leise.

»Auch da müssen wir warten, was der Computer sagt. Grob geschätzt würde ich sagen, daß sie uns fünf bis sechs Wochen überlebt, wenn einer von uns sie nicht vorher tötet...«

»Sind es jetzt genug?« sagte Miri in dem Moment und hielt noch mehr Bleistifte in die Höhe.

»Nein!« platzte Kirk wütend heraus.

Ihre Mundwinkel zogen sich leicht nach unten, und die Unterlippe schob sich etwas vor. »Nun, Jim, ist schon gut«, sagte sie tonlos. »Ich wollte dich nicht böse machen.«

»Miri, es tut mir leid. Ich habe ja auch nicht dich gemeint. Und ich bin auch nicht böse.« Er wandte sich wieder an Spock. »Wir wissen also immer noch nicht, wogegen wir eigentlich kämpfen. – Übermitteln Sie Farrell Ihre Daten, dann kennen wir wenigstens den Zeitfaktor. Verdammt! Wenn wir nur den Virus zu fassen kriegten. Die Labors auf dem Schiff könnten uns in vierundzwanzig Stunden eine Gegenimpfung herstellen. Aber wir wissen ja nicht einmal, womit wir anfangen sollen.«

»Vielleicht doch«, sagte McCoy nachdenklich. »Es wird zwar wieder sehr viel Arbeit für den Computer werden, aber ich glaube, wir könnten Erfolg damit haben. Jim, du weißt doch wie alle diese Büromenschen arbeiten. Wenn das hier eine staatliche Behörde war, und ich kenne diese Institute aus eigener Erfahrung zur Genüge, dann gibt es von jedem Auftrag, von jeder Bestellung und jedem Formular mindestens fünf Durchschläge. Und irgendwo müssen sie die doch hier aufbewahrt haben. Daraus können wir ersehen, welche Chemikalien und welches Bio-Material sie in großen Mengen bezogen haben, dann kann ich die für uns vermutlich relevanten heraussortieren. Wenigstens eine geringe Chance, den fehlenden Zeitplan dieses Projekts zu rekonstruieren.«

»Eine wahrhaft geniale Idee«, sagte Mr. Spock. »Die Frage ist nur...«

Er wurde durch das Summen von Kirks Kommunikator unterbrochen.

»Hier Kirk.«

»Farrell an Landeexpedition. – Nach den von Mr. Spock übermittelten Daten ist der kritische Punkt in etwa sieben Tagen erreicht.«

Die einsetzende Stille schien eine Ewigkeit zu dauern. Nur das Schaben des Bleistiftspitzens war zu hören. Dann sagte Spock gleichmütig: »Deswegen wollte ich Sie ja fragen, Dr. McCoy. Sosehr ich Ihre Idee bewundere, glaube ich nicht, daß wir noch soviel Zeit haben.«

»Nicht unbedingt«, sagte McCoy. »Wenn es wahr ist, daß die Spirochäten die Tobsucht hervorrufen, dann können wir sie vorläufig mit Antibiotika bekämpfen, und wir haben noch etwas Aufschub...«

Etwas fiel auf den Boden und zerbrach in Scherben. Kirk fuhr nervös herum. Janice Rand hatte einige von McCoys Objektträgern in einem Becher mit Chromsäure gereinigt. Jetzt floß die ätzende gelbe Flüssigkeit über den Boden. Auch Janices Bein hatte ein paar Spritzer abbekommen. Kirk griff sich einen Wattebausch, kniete sich nieder und tupfte die Spritzer ab.

»Nein, nein«, schluchzte Janice, »Sie können mir nicht helfen, Sie können mir nicht helfen.«

Laut schluchzend stürzte sie an McCoy und Spock vorbei aus dem Labor. Kirk hinterher.

»Bleibt ihr hier«, rief er den beiden zu. »Unterbrecht eure Arbeit nicht. Jede Minute ist kostbar.«

Janice stand draußen im Gang. Ihr Körper wurde von heftigen Weinkrämpfen geschüttelt. Kirk kniete sich wieder neben sie und tupfte ihr die Säure von den Beinen. Die häßlichen blauen Flecken versuchte er zu ignorieren. Nach einiger Zeit hörte sie auch zu weinen auf.

»Auf dem Schiff haben Sie sich nie so um meine Beine gekümmert.«

Kirk versuchte zu lachen. »Das Kommando ist eine schwere Bürde, Bootsmann. Man darf normalerweise nur das sehen, was die Vorschriften zulassen... So, jetzt ist es besser. Aber Seife und heißes Wasser werden trotzdem nicht schaden.«

Er stand wieder auf. Sie sah sehr mitgenommen aus, aber nicht mehr hysterisch.

»Captain, ich wollte das wirklich nicht...«

»Ich weiß, vergessen Sie es.«

»Es ist so dumm, so sinnlos... Sir, wissen Sie, daß ich an nichts anderes mehr denken kann. Ich sollte es ja besser wissen, aber ich kann einfach nicht anders. Ich bin erst vierundzwanzig, und ich habe solche Angst.«

»Ich bin ein wenig älter, Bootsmann. Aber ich habe auch Angst.«

»Sie auch?«

»Natürlich. Ich möchte genausowenig sterben wie Sie. Und ich habe noch etwas anderes als nur Angst. Ihr gehört alle zu mir, und ich habe euch hierher gebracht, es ist meine Verantwortung.«

»Sie lassen sich aber nichts anmerken«, flüsterte sie. »Nie. – Sie scheinen immer soviel tapferer zu sein als wir alle zusammen.«

»Unsinn«, brummte er. »Nur ein Dummkopf fürchtet sich nicht. Wer keine Furcht kennt, ist nicht tapfer, sondern nur dumm und einfallslos. Mut ist etwas anderes. Er setzt sich mit der Gefahr auseinander und läßt sich durch die Furcht nicht beeindrucken. Und vor allem soll man sich vom Gegner nicht in Panik versetzen lassen.«

»Es soll mir eine Lehre sein«, sagte Janice und richtete sich auf. Aber sofort füllten sich ihre Augen wieder mit Tränen. »Es tut mir leid, Captain. Wenn wir zurück sind, lassen Sie sich einen Bootsmann zuweisen, der nicht soviel weint wie ich.«

»Ihre Bitte um Versetzung wird hiermit abgelehnt, Bootsmann.« Er legte ihr sanft den Arm um die Schulter, und sie versuchte, ihn anzulächeln.

Im Eingang zum Labor stand Miri, beide Fäuste vor den Mund gepreßt und mit weit geöffneten Augen, einer unergründlichen Mischung aus Erstaunen, Protest und vielleicht sogar Haß, starrte sie die beiden an. Dann drehte sie sich ruckartig um und war verschwunden.

»Ein Kummer kommt niemals allein«, sagte Kirk resigniert.

»Wir gehen besser zurück.«

»Wo ist Miri hingelaufen?« fragte McCoy interessiert, als sie das Labor wieder betraten. »Sie schien es ziemlich eilig zu haben.«

»Ich weiß es nicht. Vielleicht versucht sie, doch noch ein paar Kinder zu finden. Oder es ist ihr einfach zu langweilig bei uns. Wir haben auf jeden Fall keine Zeit, uns deswegen Sorgen zu machen. Was ist als nächstes an der Reihe?«

»Wir müssen aufpassen, daß solche Unfälle nicht mehr passieren. Ich hätte zwar schon vorher daran denken sollen, aber erst Janice... Hier stehen noch mehr Säuren herum, und wenn wir Glück haben, bekommen wir es auch bald mit gefährlicheren Stoffen zu tun. Ich möchte, daß jeder seine eigenen Kleider ablegt und einen Labormantel anzieht. Wenn irgend etwas verschüttet oder verspritzt wird, kann dieser sofort vernichtet werden, und neue hängen genügend dort im Schrank. Unsere eigenen Kleider hängen wir in den Vorraum, sonst müssen wir sie verbrennen, bevor wir aufs Schiff zurückkehren.«

»Gut; was ist mit der übrigen Ausrüstung – Phaserpistolen, Meßgeräte und so weiter?«

»Wir sollten die Waffen für den Notfall hierbehalten. – Aber sie dürfen nicht mehr aufs Schiff zurück. Alles andere – raus!«

»In Ordnung. Weiter?«

»Die medizinischen Analysen habe ich, soweit es unser Wissen im Moment zuläßt. Von jetzt ab hat die Statistik das Wort. Und ich befürchte, obwohl es mein Vorschlag war, daß das Mr. Spock machen muß. Ich komme dabei nämlich immer ins Stottern.«

Kirk grinste. »Sehr gut! – Mr. Spock, fangen Sie an.«

»Jawohl, Sir. Zuerst brauchen wir diese Bestellformulare. Wir müssen also die ganze Registratur noch einmal durchfilzen.« Das Hauptproblem war an sich einfach und klar definiert: Erfinden Sie eine Seuche.

Gut. Die Bestellformulare waren verhältnismäßig schnell gefunden, und alle waren detailliert bis zur kleinsten Bestellung.

McCoys Vermutung war also soweit richtig gewesen. Dem bürokratischen Geist hatten die zwölf Lichtjahre Entfernung vom Mutterplaneten nichts anhaben können. Alles, was das Labor jemals benötigt hatte, hatte wenigstens drei Begleitpapiere zu seiner Beglaubigung erfordert.

McCoy sortierte sie zunächst einmal grob nach ihrer wahrscheinlichen Wichtigkeit für ihr Vorhaben in eine Reihe von null (vermutlich völlig unbedeutend) bis zehn (vielleicht entscheidend), und der Bio-Computer speicherte alles, was bei ›fünf‹ und darüber lag. So hatte man diese Daten wenigstens mit dem geringsten Zeitverlust für den Schiffscomputer auf der *Enterprise* parat. Das Kodieren ging sehr schnell. Etwas schwieriger war es, das zu beurteilen, was kodiert werden sollte. Das war eine Frage des menschlichen Ermessens, der Erfahrung und der Routine, und hier war McCoy der einzige, der in gut der Hälfte aller Fälle zuverlässig entscheiden konnte, obwohl er es in seiner Bescheidenheit immer wieder leugnete. Spock konnte zwar sagen, was dabei statistisch bedeutsam war, aber nur McCoy konnte im Anschluß daran sagen, ob die geknüpften Verbindungen etwas mit Medizin oder Finanzen zu tun hatten oder ob sie einfach unwichtig waren.

Zwei Tage lang arbeiteten sie rund um die Uhr. Am Morgen des dritten Tages konnte Spock sagen:

»Auf diesen Karten steht jetzt alles, was der Bio-Computer für uns tun konnte.« Er wandte sich an Miri, die tags zuvor ohne weitere Erklärungen und auch ohne den geringsten Unterschied in ihrem Benehmen zurückgekommen und arbeitswilliger war als je zuvor: »Miri, würdest du diese Karten sauber zusammenstecken und dann auf diesen Rütteltisch legen. Wir werden sie dann für die *Enterprise* ordnen und Farrell für den Computer diktieren. Ich muß sagen, Dr. McCoy, ich kann noch nicht das geringste Muster darin erkennen.«

»Aber ich«, sagte McCoy zu ihrer Überraschung. »Soviel ist klar, daß der aktive Stoff kein echter Virus sein kann. Er würde nämlich in der Zeit zwischen Injektion und Pubertät aus dem Körper ausgeschieden werden, wenn er sich nicht reproduzierte. Und ein echter Virus kann sich nur reproduzieren, wenn er in eine Körperzelle eindringt. Aber genau das darf er ja zehn oder zwölf Jahre lang nicht tun. Nein, es muß eine Art Mikroorganismus wie der Erreger der Englischen Krankheit sein, der sich aufgrund besonderer Enzyme aus den Körperflüssigkeiten außerhalb der Zellen ernähren und reproduzieren kann. Wenn er von den Pubertätshormonen angegriffen wird, stößt er diesen Teil seines Organismus ab und wird ein echter Virus. Ergo muß der abgestoßene Teil steroidlöslich sein. Und nur die Geschlechts-Steroide kommen dafür in Frage. Alle diese Bedingungen schließen den Kreis schon ganz schön eng, Schritt für Schritt.«

»Eng genug, daß du das Kind beim Namen nennen kannst?« fragte Kirk gespannt.

»Wo denkst du hin, ich weiß noch nicht einmal, ob ich auf der richtigen Spur bin. Diese ganze Biologiestunde war bis jetzt reine Intuition, aber sie scheint einen Sinn zu ergeben. Ich glaube sogar, wenn der Schiffscomputer dieses ganze Konvolut von Daten bearbeitet hat, wird so etwas Ähnliches herauskommen. Will jemand mit mir wetten?«

»Wir haben alle schon unser Leben verwettet«, sagte Kirk, »ob wir es wollten oder nicht. Aber in einer Stunde müßten wir die Antwort haben. Mr. Spock, rufen Sie Farrell.«

Spock nickte und ging in den Vorraum hinaus, der jetzt vom Labor hermetisch abgeriegelt war. Im nächsten Moment war er schon wieder zurück. Obwohl sein Gesicht ausdruckslos war wie immer, lag etwas in seinem Blick, daß Kirk aufsprang.

»Was ist los?«

»Die Kommunikatoren sind weg, Captain. Jemand hat unsere Kleider und Ausrüstung geplündert.«

Janice sah ihn erschrocken an und preßte ihre Faust auf die Lippen. Kirk drehte sich nach Miri um. Er fühlte, wie der Zorn in ihm hochstieg. Das Mädchen zuckte vor seinem Blick zurück, aber sie sah ihm trotzig in die Augen.

»Was weißt du darüber, Miri?«

»Ich glaube, die Einzelgänger haben sie genommen. Sie stehlen gerne. Das gehört zum Spiel.«

»Wo haben sie das Zeug hingebracht?«

Sie zuckte mit den Schultern. »Das weiß ich nicht, das ist auch wieder ein Spiel. Wenn du etwas gestohlen hast, dann gehst du damit immer woanders hin.«

Mit zwei Schritten war er bei ihr und packte sie bei den Schultern. »Das ist kein Spiel. Das ist blutiger Ernst. Wir müssen die Kommunikatoren haben, sonst werden wir dieser Seuche niemals Herr.«

Sie kicherte auf einmal. »Dann müßte ihr eben hierbleiben.«

»Nein, wir werden sterben. Und jetzt sag's uns. Sag uns, wo sie sind.«

Miri hob in damenhafter Würde ihre Schultern. Wenn man bedachte, daß sie erst seit einer knappen Woche Erwachsene gesehen hatte, war das eine recht glaubhafte und gelungene Geste.

»Bitte, Captain. Sie tun mir weh«, sagte sie bestimmt. »Was unterstehen Sie sich? Wie sollte ich das wissen?«

Unglücklicherweise konnte sie dieses Theaterspiel nicht lange durchhalten: Sie mußte von neuem lachen, und das machte Kirk noch erboster. »Was soll das! Willst du uns erpressen?« sagte Kirk, aber der Zorn hatte seinen Gipfel schon überschritten; er fühlte nur noch die Härte und die ganze Sinnlosigkeit des Verlustes. »Miri, es geht auch um dein Leben.«

»O nein«, sagte Miri lächelnd. »Mr. Spock sagte, daß ich noch fünf oder sechs Wochen länger zu leben habe als ihr. Vielleicht sterben einige von euch früher als die anderen, aber ich werde immer noch hier sein.« Sie drehte sich um und ging zur Tür. Zu einer anderen Gelegenheit hätte das wahrscheinlich spaßig oder sogar charmant ausgesehen. Kurz vor der Tür drehte sie sich noch einmal um und sagte mit einer herablassenden Handbewegung: »Ich weiß nicht, wie Sie darauf kommen, ich könnte mit der Sache etwas zu tun haben. Aber wenn Sie sehr nett zu mir sind, könnte ich vielleicht meinen Freunden ein paar Fragen stellen. Bis dahin, Captain, leben Sie wohl.«

Alle starrten ihr entgeistert nach, während sie hinausstolzierte.

»Irgendwann müssen sie hier schon einmal Fernsehen gehabt haben«, meinte McCoy kopfschüttelnd.

Das war zwar nur ein Scherz, aber er löste die Spannung etwas.

»Was machen wir jetzt ohne Schiff?« fragte Kirk. »Mr. Spock?«

»Sehr wenig, Captain. Der Bio-Computer ist für diesen Job vollkommen ungeeignet. Er braucht Stunden, wozu unser Schiffscomputer Sekunden brauchte.«

»Lange bevor es Computer gegeben hat, gab es einmal so etwas Ähnliches wie das menschliche Gehirn. Pille, was ist damit? Ist es eingerostet?«

»Ich werde versuchen, das alte Ding in Betrieb zu setzen«, sagte McCoy müde. »Zeit ist sowieso das einzige, was uns der Computer hätte ersparen können, und das einzige, was wir nicht haben. Wenn ich an dieses Riesenschiff denke, das da oben unnütz herumlungert – mit allem an Bord, was wir so notwendig brauchen könnten – und als nutzloser Haufen Metall seine Bahn zieht –«

»Und darüber zu klagen, kostet noch mehr Zeit«, sagte Kirk grob. McCoy sah ihn überrascht an. »Tut mir leid, Pille. Ich glaube, mich hat's auch schon erwischt.«

»Aber ich habe mich beklagt«, sagte McCoy, »also muß ich mich entschuldigen. Also, dann muß es das menschliche Gehirn allein schaffen. Es hat auch für Pasteur gearbeitet, aber der war etwas besser im Denken als ich. – Mr. Spock, nehmen Sie die Karten wieder aus dieser dämlichen Maschine und stecken Sie sie neu zusammen. Ich möchte zuerst eine DNA-Analyse machen. Wenn das irgendein vernünftiges Bild gibt, wenigstens soweit vernünftig, daß wir von einer bestimmten Spezies sprechen können, dann kauen wir das Ganze nochmals durch und sehen nach, ob wir richtig geraten haben.«

»Ich kann Ihnen nicht folgen«, sagte Spock.

»Ich gebe Ihnen nur den Kode, zum Erklären haben wir jetzt keine Zeit. Nehmen Sie zuerst alles, was mit LTS-426 kodiert ist, heraus. Dann soll der Bio-Computer sie nach nichtkodierten allgemeinen Faktoren absuchen. Vielleicht sind gar keine dabei, aber es ist das beste, womit wir beginnen können.«

»In Ordnung.«

Kirk tat sich bei dieser Arbeit am leichtesten, denn er hatte weder das medizinische Wissen McCoys noch das über Statistik von Spock, er wußte tatsächlich nicht, worum es ging. Er stand dabei und erledigte diese alberne Sortierarbeit so genau und gewissenhaft wie möglich.

Die Stunden zogen sich hin, der nächste Tag brach an, und trotz der Aufputschmittel, die McCoy austeilte, wurden ihre Bewegungen immer langsamer, wie unter Wasser, wie in einem Alptraum.

Einmal tauchte Miri auf und sah ihnen zu, mit einem Gesichtsausdruck, den sie wahrscheinlich für distanziert-amüsiert hielt. Aber niemand beachtete sie. Ihr herablassendes Gehabe machte nach und nach einem ärgerlichen Stirnrunzeln Platz. Schließlich begann sie, mit dem Schuh an ein Tischbein zu klopfen.

»Hör auf damit«, sagte Kirk, ohne sie anzusehen, »oder ich brech' dir den Hals!«

Das Klopfen hörte auf. »Noch einmal in die Maschine, Mr. Spock. Wir ziehen jetzt alle T heraus, die Funktionen von D-2 sind. Wenn es mehr als drei sind, haben wir verloren.«

Der Bio-Computer summte und ratterte über die zweiundzwanzig Karten hinweg, die Spock hineingesteckt hatte. Eine stieß er wieder aus. McCoy lehnte sich mit einem winzigen Lächeln der Befriedigung auf seinem harten Stuhl zurück.

»Ist er das?« fragte Kirk.

»Ach woher, Jim, noch lange nicht. Das ist vielleicht der Virus, der hier mitspielt, aber nur mit einiger Wahrscheinlichkeit.«

»Es ist nur wahrscheinlich«, sagte Spock. »Wenn das zu einem Test eines neuen Produkts gehörte, würde ich es wegschmeißen, ohne auch nur einen Gedanken daran zu verlieren. Aber so, wie die Dinge hier liegen...«

»Wie die Dinge hier liegen, müssen wir jetzt als nächstes diesen Virus künstlich herstellen«, sagte McCoy. »Und dann aus dem Virus ein Serum herstellen. Aber nein, nein, das geht doch überhaupt nicht. Was ist denn mit mir los –. Kein Serum, ein Antitoxid. Viel schlimmer. Jim, weck die Wachen auf! Bis jetzt haben sie uns ja sehr viel geholfen. In den nächsten achtundvierzig Stunden brauchen wir jede Menge saubere Gläser.«

Kirk wischte sich die Stirn ab. »Pille, ich fühle mich durch und durch lausig, und ich bin sicher, dir geht es genauso. Theoretisch bleiben uns noch achtundvierzig Stunden, aber werden wir die nächsten vierundzwanzig wenigstens noch vernünftig denken können?«

»Entweder fangen wir einen Fisch, Jim, oder wir lassen den Köder sausen«, sagte McCoy ruhig. »Also, alle Mann an die Arbeit. Der ganze Küchenlehrgang wird hiermit zur Ordnung gerufen.«

»Es ist eine Schande«, sagte Spock, »daß Viren nicht so leicht zu mischen sind wie Metaphern.«

In diesem Moment spürte Kirk, daß ihn nur noch ein ganz schmaler Grat von der Hysterie trennte. Irgendwie war er fest davon überzeugt, daß Spock nur einen Spaß gemacht hatte. Als nächstes würde er wahrscheinlich glauben, daß es tatsächlich so ein tragbares Ding mit einem Katzenhirn darin gäbe. »Jemand soll mir eine Flasche zum Auswaschen geben, bevor ich hier im Stehen einschlafe.«

Nach etwa zwanzig Stunden fing Janice zu toben an. Sie mußten sie an ihren Stuhl fesseln und ihr eine Überdosis Beruhigungsmittel geben, bevor sie zu toben aufhörte. Einer der Wachen folgte ihr eine Stunde später. Beide waren schon fast völlig mit blauen Flecken bedeckt. Und vermutlich nahm die Hysterie in dem Ausmaß zu, in dem die kleinen blauen Flecken zu größeren zusammenwuchsen und allmählich die ganze Haut bedeckten.

Miri ließ sie ab und zu allein, kam aber immer wieder. Auch bei den ersten beiden Anfällen schaffte sie es, gerade dabeizusein. Vielleicht versuchte sie überlegen oder wissend oder amüsiert dreinzusehen. Kirk konnte es nicht sagen. Tatsache war, daß es ihm nicht mehr schwerfiel, Miri einfach zu übersehen. Er war so erschöpft, daß schon die kleinsten Handreichungen, die sein Schiffsarzt und sein Erster Offizier von ihm verlangten, seine ganze Aufmerksamkeit erforderten. Für andere Gedanken war einfach kein Platz mehr.

Irgendwo im Raum ertönte McCoys Stimme: »Alles jetzt unter die SPF-Haube. Wir werden jetzt gleich einen lebendigen Virus haben. Kirk, wenn ich den Deckel von der Petrischale nehme, kommen diese zwei Kubikzentimeter Formalin hinein. Denk daran!«

»Ich werde darauf achten.«

Irgendwie schaffte er es. Dann sah er eine Zeitlang gar nichts, alles war weiß. Vor seinen Augen tauchte eine mit Gummi verschlossene

Ampulle auf. Sie war gefüllt mit einer klaren Flüssigkeit, und McCoys Hände stachen gerade eine Injektionsnadel hinein. Komisch, er sah alles wie durch einen Tunnel: die Ampulle, die Nadel, die Hände.

»Das ist jetzt das Antitoxid«, McCoys Stimme kam aus weiter Ferne, »oder es ist es nicht. Soviel ich weiß, kann es das reinste Gift sein. Nur der Computer könnte uns darüber genaue Auskunft geben.«

»Zuerst Janice«, hörte sich Kirk sagen. »Dann die Wache. Die beiden sind am übelsten dran.«

»Captain, ich muß Ihnen widersprechen, das Versuchskaninchen auf dieser Expedition bin allein ich«, sagte McCoy.

Die Nadel schlüpfte aus dem Gummi, und irgendwie gelang es Kirk, seinen Arm auszustrecken und McCoy am Handgelenk zu pakken. Die ganze Bewegung hatte ihm furchtbare Schmerzen bereitet; seine Gelenke taten ihm weh, sein Kopf.

»Warte eine Minute«, sagte er. »Eine Minute macht nicht mehr viel Unterschied aus.«

Er drehte seinen dröhnenden Schädel so lange, bis Miri am anderen Ende des Tunnels auftauchte. An der Seite schien ihr Gesicht seltsam verzerrt. Langsam ging er auf sie zu. Mit äußerster Vorsicht setzte er seine Füße auf den schwankenden Boden.

»Miri..., hör mir zu, du mußt mir zuhören.«

Sie drehte ihren Kopf zur Seite. Er griff nach ihr und bekam ihr Kinn zu fassen – fester, als er es gewollt hatte. Er zwang sie, ihn anzusehen. Ihm fiel ein, daß er wirklich nicht schön anzusehen war – bärtig, mit Schweiß und Schmutz verklebt, mit Ringen um die Augen, die Augen gerötet, sein Mund arbeitete mühsam und brachte die Worte, die er sagen wollte, nur stockend heraus.

»Wir..., uns bleiben nur noch ein paar Stunden. Uns, und euch... euch allen... dir und deinen Freunden. Und... und wir können uns geirrt haben. Danach gibt es keine Grups mehr, und keine Einzelgänger... niemand... nie mehr. Gib mir nur eine von diesen Maschinen... diesen Kommunikatoren zurück. Möchtest du, daß das Blut einer ganzen Welt an deinen Händen klebt? Denk doch, Miri, denk ein einziges Mal in deinem Leben nach!«

Ihre Augen wichen den seinen aus. Sie suchten Janice. Er zwang sie von neuem, ihn anzusehen. »Jetzt, Miri. Jetzt... jetzt.«

Sie zog langsam die Luft ein und hielt den Atem an. »Ich... ich will versuchen, einen zu bekommen.« Dann befreite sie sich von seinem Griff und verschwand.

»Wir können nicht mehr länger warten«, sagte McCoys Stimme ganz ruhig. »Selbst wenn wir einen negativen Bescheid des Computers hätten, wir könnten sowieso nicht mehr von vorne anfangen. Wir müssen jetzt weitergehen.«

»Ich wette einen ganzen Jahressold«, sagte Spock, »daß das Antitoxid tödlich ist.«

Durch einen Schleier von Schmerz konnte Kirk sehen, wie McCoy grinste. »Angenommen«, sagte er. »Die Seuche ist auf jeden Fall tödlich. Aber wenn ich verliere, Mr. Spock, wie wollen Sie dann kassieren?«

Er hob die Hand.

»Halt!« krächzte Kirk. Aber es war zu spät, selbst wenn er angenommen hätte, daß McCoy seinem Captain bis zum äußersten gehorcht hätte. Das war seine Welt, sein eigenes Diskurssystem.

Ganz ruhig legte McCoy die Spritze auf den Tisch und setzte sich. »Erledigt«, sagte er. »Ich spüre überhaupt nichts.« Seine Augen verdrehten sich in ihren Höhlen nach oben, und er mußte sich an der Tischkante festhalten. »Sie sehen... meine Herren... alles ist vollkommen...«

Dann fiel sein Kopf vornüber.

»Helfen Sie mir, ihn zu tragen«, sagte Kirk. Zusammen mit Spock trugen sie den Arzt zum nächsten Bett. McCoys Gesicht war, bis auf die Flecken, weiß wie Wachs. Zum ersten Mal seit langer Zeit sah er wieder friedlich und entspannt aus. Kirk setzte sich neben McCoy auf die Bettkante und prüfte den Puls. Er ging wild und stoßartig, aber er war stark.

»Ich... ich kann nicht verstehen, warum ihn das Antitoxid so schnell umgeworfen hat«, sagte Spock. Seine eigene Stimme kam ihm schon vor wie ein Flüstern aus der Tiefe des Grabes.

»Er kann im schlimmsten Fall daran sterben. Und soweit bin ich auch schon bald. Verflucht sei der Dickschädel dieses Mannes.«

»Wissen«, sagte Spock leise, »schafft seine eigenen Privilegien.«

Für Kirk bewies das gar nichts, und Spock war voll von solchen

Sprüchen. – Es war vielleicht so eine Eigenschaft der Vulkanier. Ein eigenartiger Lärm drang an Kirks Ohren. Schon glaubte er, die Unschärfe, die seinen Blick befallen hätte, hätte jetzt ihr akustisches Äquivalent gefunden.

Spock sagte: »Ich scheine jetzt selbst an der Grenze zu sein, jedenfalls näher, als ich dachte. Die Halluzinationen haben eingesetzt.«

Traurig sah sich Kirk um. Dann riß er die Augen weit auf. Wenn Spock Halluzinationen hatte, dann hatte auch er welche. Er wollte nur wissen, ob es dieselben waren.

Angeführt von Miri kam eine Prozession von Kindern in den Raum. Sie waren von jeder nur denkbaren Größe, Figur, Aussehen; kleine, die kaum laufen konnten, die ältesten etwa zwölf. Sie schienen die ganze Zeit in einem Kaufhaus gelebt zu haben. Einige von den älteren Jungen trugen Abendanzüge, andere eine Art Militäruniform, wieder andere Anzüge, wie sie Raumfahrer früher getragen hatten, oder aufdringliche grellbunte Sportkleidung. Die Mädchen machten einen etwas besseren Eindruck. Die meisten trugen eine Art Partydreß, einige sogar lange Opernkleider mit Schleppe, und sie waren über und über mit Schmuck behängt. Aus der ganzen Prozession stach ein großer rothaariger Junge hervor, nein, er trug eine Perücke, schulterlang, mit Korkenzieherlocken auf den Seiten, und das Preisschild baumelte noch herunter, gefolgt von einem kleinen fetten Knirps, der auf einem Samtkissen so etwas wie eine Krone trug.

Das Ganze war wie eine wahnwitzige Parodie auf einen Kinderkreuzzug. – Und das Verrückteste daran war, daß die Kinder die komplette Ausrüstung ihrer Landeexpedition herbeischleppten. Da waren die drei Kommunikatoren – Janice und die Wachen hatten keine, die zwei fehlenden Tricorder, McCoy hatte seinen mit ins Labor genommen, und von der Hüfte des einen Jungen mit der roten Perücke baumelte eine Phaserpistole. Es war ein Anzeichen dafür, wie erschöpft sie waren, daß sie nicht einmal gemerkt hatten, daß eine dieser tödlichen Waffen fehlte. Kirk fragte sich insgeheim, ob der Junge die Pistole ausprobiert und jemanden damit getroffen hatte.

Der Junge merkte, daß Kirk ihn ansah, und irgendwie schien er seine Gedanken zu erraten.

»Ich habe sie bei Luisa gebraucht«, sagte er ernst. »Ich konnte nicht anders. Sie wurde mit einem Mal ein Grup, als wir Schule spielten. Sie war nur wenig älter als ich.«

Er schnallte die Waffe ab und hielt sie Kirk hin. Mit einer matten Handbewegung nahm er sie an sich. Die anderen Kinder gingen an den langen Tisch und breiteten feierlich die übrigen Ausrüstungsgegenstände aus.

Miri kam zögernd näher.

»Es tut mir leid«, sagte sie. »Es war falsch, und ich hätte es nicht tun sollen. Es war nicht leicht, Jahn zu erklären, warum das kein Spiel mehr war.« Sie sah das wächserne Gesicht von McCoy. »Ist es schon zu spät?«

»Möglich«, flüsterte Kirk, das war alles, was er an Lautstärke noch aufbringen konnte. »Mr. Spock, glauben Sie, daß Sie Farrell die Daten noch durchgeben können?«

»Ich werde es versuchen, Sir.«

Farrell war erstaunt und hörbar erleichtert zugleich, und er wollte sofort Erklärungen haben, aber Spock schnitt ihm das Wort ab und gab ihm ohne Kommentar die Daten durch. Jetzt konnten sie nur noch warten. Kirk ging zurück, um nach McCoy zu sehen, und Miri folgte ihm. Langsam wurde ihm klar, welche ungeheure Überwindung es sie gekostet haben mußte, die Kommunikatoren zurückzubringen, welch einen Riesenschritt sie in die Welt der Erwachsenen getan hatte. Es war eine verdammte Schande, sie jetzt zu verlieren, Miri, die am Anfang ihres neuen Lebens stand – eines Lebens, auf das sie drei entsetzlich lange Jahrhunderte gewartet hatte. Er legte ihr zärtlich den Arm auf die Schulter, und sie lächelte ihn dankbar an.

Spielten ihm seine Augen einen neuen Streich, oder wurden die Flecken auf McCoys Gesicht und Armen tatsächlich kleiner? Kein Zweifel, sie wurden kleiner, und auch die Färbung ließ nach.

»Mr. Spock«, sagte er, »kommen Sie herüber und bestätigen Sie mir etwas.«

Spock sah hin und nickte: »Gehen zurück. – Wenn es jetzt keine ernsten Nebenwirkungen gibt...« Das Summen des Senders unterbrach ihn. »Hier Spock.«

»Farrell an Landeexpedition. Die Identifikation ist korrekt, wiederhole: korrekt! Meine Glückwünsche! Wollen Sie etwa behaupten, daß

Sie diese ganze Sache nur mit einem Bio-Computer ausgekocht haben?«

Kirk und Spock grinsten sich müde an. »Nein«, sagte Spock. »Wir haben dabei nur mit Dr. McCoys Kopf gearbeitet. Vom Anfang bis zum Ende.«

»Na, ein bißchen hat er uns schon geholfen«, sagte Kirk und tätschelte die alte Maschine.

McCoy bewegte sich und wachte auf. Mit dem Ausdruck größten Staunens versuchte er sich aufzurichten.

»Pille, ich muß mich bei dir entschuldigen«, sagte Kirk. »Wenn du dich genügend erholt hast, glaube ich, daß das mit den Injektionen tatsächlich deine Arbeit ist.«

»Hat es tatsächlich gewirkt?« fragte McCoy heiser.

»Es war einwandfrei, der Schiffscomputer hat es bestätigt, und du bist der Held des Tages, du altes, dickköpfiges Rüsseltier.«

Eine Woche später verließen sie den Planeten. Sie hatten das ganze Antitoxid, das sie aus den Vorräten auf dem Schiff herstellen konnten, zurückgelassen – in der Obhut eines kleinen Teams von Ärzten.

Zusammen mit Farrell standen sie auf der Brücke der *Enterprise* und sahen zu, wie sich der Planet immer weiter von ihnen entfernte.

»Mir ist immer noch nicht ganz wohl, wenn ich daran denke«, sagte Janice. »Es spielt keine Rolle, wie alt sie tatsächlich sind. Es sind immer noch Kinder. Und sie mit diesem kleinen Team, das ihnen helfen soll, allein zu lassen –«

»Sie haben all die Jahre für nichts gelebt«, sagte Kirk. »Schauen Sie, was Miri für eine Leistung vollbracht hat. Das war nicht einfach. Sie werden schnell lernen, und es braucht nicht viel Anleitung. Außerdem hat Leutnant Uhura die Angelegenheit schon an die Erde gemeldet... Wenn der Planet schon einen interstellaren Funk gehabt hätte, hätten sie sich wahrscheinlich vieles erspart. Aber als die Kolonisten auszogen, war er bei uns auf der Erde auch noch nicht erfunden... Die Raumzentrale wird Lehrer schicken und Techniker, Verwaltungspersonal...«

»Und faule Beamte, nehme ich an«, sagte McCoy.

»Das sicher auch. Aber die Kinder werden schon in Ordnung sein.«

»Miri... sie... sie hat Sie wirklich geliebt, wissen Sie das, Captain«, sagte Janice langsam. »Deswegen hat sie Ihnen auch diesen Streich gespielt.«

»Ich weiß«, sagte Kirk. »Und ich fühle mich auch ernsthaft geschmeichelt. Aber Bootsmann Rand, ich möchte nun Ihnen ein Geheimnis anvertrauen. Ich lasse mich grundsätzlich nicht mit Frauen ein, die älter sind als ich.«

Das Gewissen des Königs

»Ein ungewöhnliches Erlebnis«, sagte Kirk. »Den ›Macbeth‹ habe ich schon in allen möglichen Kostümen spielen sehen, vom Bärenfell bis zur Operettenuniform – aber noch nie in arkturischen Kleidern. Ich glaube, ein Schauspieler muß sich auf jedes nur denkbare Publikum einstellen können.«

»Dieser schon«, sagte Dr. Leighton. Er warf seiner Frau einen Blick zu, und in seinem Tonfall schwang etwas mit, das Kirk nicht sofort deuten konnte. Und warum sollte er auch.

Der Garten der Leightons, in dem sie saßen, duftete und glänzte unter der strahlenden arkturischen Sonne. Ihre Gastfreundschaft, die Vorstellung am Abend vorher, alles war außergewöhnlich gewesen. Aber die Zeit drängte, und alte Freundschaft hin oder her, Kirk mußte wieder an die Pflicht denken.

»Karidian hat ja einen enormen Ruf«, sagte er, »und sicher nicht unverdient. Aber Tom, sprechen wir doch jetzt vom Geschäft. Ich habe gehört, diese neue synthetische Nahrung, die du entwickelt hast, ist etwas, was wir unbedingt brauchen.«

»Die gibt es nicht«, sagte Leighton schwerfällig. »Ich möchte mit dir über Karidian sprechen. Besonders über seine Stimme. Du müßtest dich eigentlich an sie erinnern, du warst ja dabei.«

»Wo war ich dabei? Bei der Vorstellung?«

»Nein«, sagte Leighton, und sein verkrüppelter unförmiger Körper rutschte unruhig auf dem Sofa hin und her. »Auf Tarsus IV, während der Rebellion. Natürlich ist es schon zwanzig Jahre her, aber du kannst es unmöglich vergessen haben. Meine ganze Familie wurde ausgerottet, deine Freunde ermordet. Und du hast Kodos gesehen, und du hast ihn auch gehört.«

»Willst du damit sagen, du hättest mich nur deswegen drei Lichtjahre von meinem Kurs weggelotst, damit ich einen Schauspieler als Kodos den Henker identifiziere? Soll ich das vielleicht in mein Logbuch schreiben? Daß du gelogen hast? Ein Sternenschiff mit einer Falschmeldung vorsätzlich vom Kurs abgebracht hast?«

»Sie ist nicht falsch. Karidian ist Kodos.«

»Davon spreche ich ja gar nicht. Mir geht es um die erfundene Geschichte von der künstlichen Nahrung. Und Kodos ist ja ohnehin tot.«

»Ist er das wirklich? Ein Körper, der bis zur Unkenntlichkeit verbrannt ist, was ist das für ein Beweis? – Und es sind nur noch wenige Augenzeugen übrig, Jim: du und ich und vielleicht noch sechs oder sieben andere. Leute, die Kodos tatsächlich gesehen und gehört haben. Du hast es möglicherweise vergessen – aber ich nicht, niemals.«

Kirk blickte hilfesuchend zu Leightons Frau Martha hinüber, aber die sagte nur: »Jim, ich kann ihm sagen, was ich will, seit er Karidians Stimme gehört hat, ist alles wieder da, wie am ersten Tag. Ich kann ihn deswegen nicht einmal tadeln. Nach allem, was ich gehört habe, war es ein... blutiges Gemetzel..., und Tom war ja nicht nur ein Augenzeuge. Er war eines der Opfer.«

»Nein, das weiß ich ja«, sagte Kirk, »aber die Rache wird es auch nicht besser machen, und ich darf es nicht zulassen, daß die *Enterprise* in eine rein persönliche Fehde hineingezogen wird, ganz gleich, was meine Gefühle dabei sind.«

»Und die Gerechtigkeit?« fragte Leighton. »Wenn Kodos noch lebt, sollte er dann nicht für seine Verbrechen büßen müssen? Oder wenigstens aus der Gesellschaft entfernt werden, bevor er neue Massaker anzetteln kann? Viertausend Menschen, Jim!«

»Ich sage ja nicht, daß du nicht recht hast, Tom«, gab Kirk widerstrebend zu. »Gut, ich will dir einen Gefallen tun. Ich werde von meinem Schiff Auskunft anfordern, was unser Computer über beide Männer weiß. Ich glaube, so wissen wir am schnellsten, ob der Verdacht Hand und Fuß hat. Wenn ja, nun, dann verspreche ich dir, daß ich dir weiter zuhören werde.«

»Das klingt ziemlich fair«, sagte Leighton.

Kirk zog seinen Kommunikator aus der Tasche und rief die *Enterprise*. »Bibliothekscomputer..., alles heraussuchen über einen Mann, der unter dem Namen ›Kodos der Henker‹ bekannt ist, sowie über einen Schauspieler namens Anton Karidian.«

»Programm läuft«, sagte die Computerstimme. Dann: »Kodos der

Henker. Stellvertretender Kommandant der Rebellenarmee, Tarsus IV, vor zwanzig Erdenjahren. Achttausend Kolonisten von der Erde von Hungersnot bedroht, als Pilzkrankheit fast alle Vorräte unbrauchbar machte. Kodos nutzte Situation aus, um eigene Vorstellungen von Rasse und Zucht durchzusetzen. Ermordete fünfzig Prozent der Bevölkerung. Als Rebellion niedergeschlagen war, von Agenten der Erde gesucht und verfolgt. Verbrannter Leichnam wurde gefunden und Fall abgeschlossen. Biographische Daten...«

»Weglassen«, befahl Kirk, »nun Karidian.«

»Karidian, Anton. Direktor und erster Schauspieler eines Tourneetheaters, unterstützt vom Interstellaren Kulturaustausch, seit neun Jahren auf allen größeren Bühnen gespielt. Tochter Lenore, neunzehn Jahre, jetzt erste Schauspielerin der Truppe. Karidian ist ein Einzelgänger, hat verlauten lassen, daß seine jetzige Tournee die letzte sein wird. Seine Bedeutung...«

»Unwichtig. – Daten aus den Jahren vor seiner Schauspielerlaufbahn?«

»Keine vorhanden. Ende.«

Kirk steckte den Sender nachdenklich in die Tasche. »Na ja..., ich glaube zwar immer noch, daß das eine waghalsige Vermutung ist, Tom..., aber ich glaube, es schadet auch nicht, wenn ich mir die Vorstellung heute abend ansehe.«

Nach der Vorstellung ging Kirk hinter die Bühne. Er suchte sich einen Weg durch die staubigen und düsteren Korridore, bis er schließlich vor einer Tür haltmachte, auf der der Name des Stars stand. Er klopfte, und einen Moment später stand er Leonore Karidian gegenüber. Sie war schon etwas abgeschminkt und sah nicht mehr so bizarr aus wie als arkturische Lady Macbeth. Verwundert sah sie ihn an.

»Ich habe Sie heute abend spielen sehen. Und gestern abend auch. Ich möchte nur... ich wollte Ihnen nur meine Bewunderung ausdrükken, Ihnen und Karidian.«

»O vielen Dank. Mein Vater wird sich sicher sehr freuen, Mr....?«

»Captain James Kirk, vom Sternenschiff *Enterprise*.«

Das wirkte, das wußte er genau. Das, und daß er sich die Vorstellung zweimal angesehen hatte. Sie sagte: »Das ist wirklich eine Ehre für uns. Ich werde es meinen Vater sofort ausrichten.«

»Könnte ich ihn nicht selbst sehen?«

»Es tut mir sehr leid, Captain Kirk. Aber mein Vater empfängt keine Menschenseele.«

»Ein Schauspieler, der seinen Bewunderern den Rücken zuwendet, das ist wirklich ungewöhnlich.«

»Karidian ist ein ungewöhnlicher Mensch.«

»Dann werde ich mich also mit Lady Macbeth unterhalten. Wenn Sie nichts dagegen haben... Darf ich eintreten?«

»Aber... aber selbstverständlich.« Sie trat zur Seite und ließ ihn herein. In der Garderobe war ein heilloses Durcheinander von Kostümen und Requisiten, teilweise schon zur Abreise verpackt.

»Es tut mir so leid, daß ich Ihnen nichts anbieten kann.«

Kirk sah sie an und lächelte. »Ihre Bescheidenheit kränkt mich.«

Sie lächelte zurück. »Wie Sie sehen, ist das meiste schon gepackt. Als nächstes haben wir zwei Vorstellungen auf Benecia; wenn die *Astral Queen* uns dorthin bringen kann. Wir fliegen heute nacht.«

»Es ist ein gutes Schiff«, sagte Kirk. »Und Ihre Arbeit... macht Ihnen Spaß?«

»Eigentlich schon. Aber heutzutage Klassiker zu spielen, wo sich alle diese 3-V-Serien ansehen..., das ist nicht immer ganz einfach.«

»Aber Sie machen schon weiter.«

»O ja«, sagte sie, und eine Spur Bitterkeit klang darin mit.

»Mein Vater ist überzeugt, daß wir es dem Publikum einfach schuldig sind. – Nicht, daß sich die Leute etwas daraus machen würden.«

»O doch, heute abend schon. Als Lady Macbeth waren Sie sehr überzeugend.«

»Vielen Dank. Und als Lenore Karidian?«

»Ich bin beeindruckt.« Er machte eine kurze Pause. »Ich würde Sie gerne wiedersehen.«

»Wegen des Theaters?«

»Nicht unbedingt.«

»Ich... ich glaube, daß ich das auch gerne möchte. Nur haben wir leider unseren Spielplan.«

»Auch Spielpläne sind nicht immer so unumstößlich, wie sie aussehen. Wollen wir's abwarten?«

»Gerne, und immer das Beste hoffen.«

Die Antwort klang vielversprechend, aber auch etwas zweideutig. Sich darüber mehr Klarheit zu verschaffen, blieb ihm allerdings keine Zeit, denn das hartnäckige Summen seines Kommunikators verdarb ihm diese Gelegenheit.

»Entschuldigen Sie mich, ich werde von meinem Schiff gerufen... Hier Kirk.«

»Hier ist Spock, Captain. Da ist etwas, wovon ich annehme, daß Sie es sofort erfahren sollten. Dr. Leighton ist tot.«

»Tot? Sind Sie sicher?«

»Vollkommen. Wir haben die Nachricht gerade von der Q-Zentrale erhalten. Er wurde ermordet – mit einem Dolch.«

Langsam steckte er das Gerät wieder in die Tasche. Lenore hatte ihn die ganze Zeit beobachtet, aber auf ihrem Gesicht entdeckte er nichts als ehrliche Sympathie.

»Ich muß gehen«, sagte er. »Vielleicht werden Sie später noch von mir hören.«

»Ich verstehe. – Ich würde mich sehr freuen.«

Kirk ging sofort zum Appartement der Leightons. Die Leiche war noch da – und Martha. Die Leiche lieferte ihm keine Hinweise zu dem Verbrechen, aber er war natürlich auch kein Experte. Er legte seinen Arm tröstend um Marthas Schulter.

»Er war eigentlich schon tot an dem Tag, als diese Schauspieler hier ankamen«, sagte sie sehr ruhig. »Die Erinnerung hat ihn getötet. Jim..., glaubst du, daß sich die Überlebenden einer gewaltigen Tragödie jemals wirklich von dem Schock erholen können?«

»Martha, es tut mir so leid.«

»Er war völlig sicher, von dem Moment an, als er diesen Mann sah. Zwanzig Jahre sind seit diesem Terror vergangen, aber er war absolut sicher, daß Karidian der Mann war. Kannst du dir das vorstellen, Jim? Kann er tatsächlich dieser Kodos sein?«

»Ich weiß es nicht. Aber ich werde versuchen, es herauszufinden.«

»Zwanzig Jahre, und es war immer noch in seinen Träumen da. Ich weckte ihn oft, und dann sagte er mir, daß er wieder die Schreie der Unschuldigen gehört hätte, und die grauenhafte Stille nach ihrer Exekution. Sie haben ihm nie gesagt, was sie mit seiner Familie gemacht haben.«

»Ich fürchte, darüber besteht kein Zweifel.«

»Es ist die Ungewißheit, Jim, ob die Menschen, die du liebst, tot sind oder noch leben. Wenn du es weißt, dann kannst du trauern, die Wunden schließen sich wieder, und das Leben geht weiter. Wenn du es nicht weißt, dann ist jeder Abend ein Begräbnis. Und das hat meinen Mann getötet, nicht das Messer. Sein Tod ist für mich jetzt eine Gewißheit.«

Sie lächelte traurig. »Es ist schon gut«, sagte sie, als ob sie diejenige wäre, die Trost zu spenden hätte. »Er hat jetzt wenigstens seinen Frieden. Vorher hat er ihn ja nie wirklich gehabt. Ich glaube, wir werden nie wissen, wer ihn getötet hat.«

»Ich werde es bestimmt herausfinden«, murmelte Kirk.

»Es spielt doch keine Rolle mehr. Ich habe dieses Feuer der Rache lange genug an meiner Seite ertragen. Es ist Zeit, die Vergangenheit ruhen zu lassen. Es war schon längst Zeit.«

In ihren Augen standen Tränen. »Aber ich werde ihn nie vergessen. Nie.«

Kirk stürmte mit einer so heißen Wut im Hals auf das Schiff, daß ihm jeder tunlichst aus dem Weg ging und keiner ihn anzusprechen wagte. Er ging sofort in sein Quartier. »Uhura!« bellte seine Stimme aus dem Lautsprecher.

»Jawohl, Captain«, antwortete der Nachrichtenoffizier, und ihre normale volltönende Stimme war zu einem Flüstern herabgesunken.

»Vermitteln Sie mich mit Captain Daly von der *Astral Queen*. Sie ist auf Umlaufbahn. Und stellen Sie es sofort durch.«

»Jawohl, Sir... Er ist auf Leitung, Sir.«

»John, hier ist Jim Kirk. Kannst du mir einen kleinen Gefallen tun?«

»Ich schulde dir mindestens ein Dutzend«, sagte Dalys Stimme, »und zwei Dutzend Drinks. Sag, was willst du haben?«

»Danke. Ich möchte, daß du deine Ladung hier zurückläßt.«

»Du meinst, ich soll die ganze Schauspielertruppe auf dem Planeten festsitzen lassen?«

»Genau das, ich werde sie nämlich an Bord nehmen. Wenn du

Schwierigkeiten bekommst, ich übernehme die volle Verantwortung.«

»Geht in Ordnung.«

»Ich danke dir. Erklären werde ich es dir später, ich hoffe es wenigstens. Ende... Leutnant Uhura, jetzt verbinden Sie mich mit dem Bibliothekscomputer.«

»Bibliothek.«

»Den Fall Kodos. Ich habe erfahren, daß acht oder neun Augenzeugen das Massaker überlebt haben. Ich möchte ihre Namen und Angaben zur Person.«

»Programm läuft... Dem Alter nach: Leighton, T., verstorben. Molson, E., verstorben –«

»Einen Augenblick, ich sagte die Überlebenden.«

»Das waren die Überlebenden des Massakers«, sagte die neutrale Stimme des Computers. »Die Verstorbenen sind alle in der letzten Zeit Mordanschlägen zum Opfer gefallen. Sämtliche Fälle sind noch ungeklärt. Weitere Instruktionen?«

Kirk schluckte trocken. »Weitermachen.«

»Kirk, J. Captain, U.S.S. *Enterprise;* Wiegend R., verstorben; Eames, G., verstorben; Daiken, R., Nachrichtenstation, U.S.S. *Enterprise* –«

»Was!«

»Daiken, R., Nachrichtenstation U.S.S. *Enterprise,* fünf Jahre alt zum Zeitpunkt des Massakers.«

»In Ordnung, aufhören!... Uhura, verbinden sie mich mit Mr. Spock!... Mr. Spock, bereiten Sie alles vor für die Übernahme von Karidians Truppe, ins Logbuch schreiben Sie aber, wir hätten sie aus einer schwierigen Lage befreit und brächten sie jetzt zu ihrem Bestimmungsort. Äh – die Truppe wird sich mit einer Galavorstellung für alle Offiziere und Mannschaften revanchieren. Unser nächstes Ziel ist Eta Benecia; geben Sie mir die Ankunftszeit durch, wenn Sie sie errechnet haben.«

»Aye, aye, Sir. Was ist mit den Proben von synthetischer Nahrung, die wir bei Dr. Leighton holen sollten?«

»Die gibt es gar nicht, Mr. Spock.«

»Das wird aber auch ins Logbuch müssen. Ein Sternenschiff vom

Kurs abweichen lassen...«

»...ist eine schlimme Sache. Na ja, ein kleiner Schmutzfleck auf der Weste wird Dr. Leighton jetzt nicht mehr schaden. Und noch etwas, Mr. Spock, ich möchte, daß das Privatleben der Karidians hier an Bord uneingeschränkt respektiert wird. Sie haben an Bord die übliche Bewegungsfreiheit, aber ihre Quartiere sind tabu. Ich möchte, daß Sie das der ganzen Mannschaft bekanntgeben.«

»Jawohl, Sir.« Spocks Stimme war nicht die geringste Regung anzumerken, aber wann war das schon jemals der Fall gewesen?

»Und, Mr. Spock, suchen Sie Leutnant Robert Daiken auf. Er ist in der Nachrichtenabteilung. Lassen Sie ihn in den Maschinenraum versetzen.«

»Sir, aber er ist doch gerade erst von dort in die Nachrichtenabteilung versetzt worden.«

»Das weiß ich. Ich schicke ihn auch wieder zurück. Er braucht erst noch etwas mehr Erfahrung.«

»Sir, darf ich mir eine Bemerkung erlauben? Er wird diese Versetzung sicher als eine Disziplinarmaßnahme auffassen.«

»Da kann ich ihm nicht helfen, zum Donnerwetter! Führen Sie den Befehl aus! Und sagen Sie mir, wann Karidian mit seiner Truppe an Bord kommt.«

Er lehnte sich zurück und starrte zur Decke. Schließlich konnte er ein grimmiges Lächeln nicht mehr unterdrücken.

»Ich glaube, ich werde der jungen Dame unser Schiff zeigen.«

Nach einer auffallend langen Pause kam Spocks teilnahmslose Stimme aus dem Lautsprecher: »Wie Sie wünschen, Sir.«

Zu dieser Stunde hielt sich gewöhnlich niemand im Maschinenraum auf. Die *Enterprise* war auf großer Fahrt, und nur das leise Surren der Aggregate war zu hören. Lenore sah sich um und lächelte Kirk an.

»Haben Sie dieses... gedämpfte Licht eigens für diese Gelegenheit bestellt, Captain?«

»Ich wollte, ich könnte Ihre Frage bejahen. Aber wir versuchen hier auf dem Schiff den Rhythmus von Tag und Nacht, so gut es geht, zu simulieren. Menschlichen Wesen ist dieser Rhythmus nun einmal angeboren, und wir tragen dem Rechnung.« Er deutete auf die gewaltigen

Blöcke der Aggregate. »Interessiert Sie das?«

»O ja…, diese ungeheuren Kräfte. Und unter so vollkommener Kontrolle. Ist das bei Ihnen auch so, Captain?«

»Ich hoffe doch, daß ich mehr Mensch bin als Maschine.«

»Eine verwirrende Kombination aus beiden. Die Kraft gehorcht Ihrem Wollen; aber die Entscheidung…«

»…folgt doch außergewöhnlich oft sehr menschlichen Regungen.«

»Sind Sie da so sicher? Außergewöhnlich gewiß; aber auch menschlich?«

»Sie müssen mir das glauben«, sagte er sanft.

Der Hall sich nähernder Schritte ließ ihn sich unwillig umdrehen. Es war Bootsmann Rand. In diesem Licht sah sie trotz ihrer Uniform anziehender aus als sonst, und ihr blondes Haar leuchtete noch heller. Trotzdem war ihr Ausdruck eher abweisend. Sie hielt ihm einen Umschlag hin.

»Verzeihung, Sir. Mr. Spock dachte, das sollte Ihnen sofort überbracht werden.«

»Ist gut. Ich danke Ihnen.« Er steckte den Umschlag in die Brusttasche. »Das wäre alles.«

»Aye, aye, Sir.« Ohne die beiden eines weiteren Blickes zu würdigen, drehte sie sich um und ging. Lenore beobachtete sie, wie es schien, etwas amüsiert.

»Ein reizendes Mädchen«, sagte sie ganz beiläufig.

»Und ungewöhnlich tüchtig.«

»Ah, jetzt haben wir ein gutes Thema, Captain. Erzählen Sie mir doch etwas von den Frauen in Ihrer Welt. Haben die Maschinen sie verändert? Sie zu – nun, wie soll ich es ausdrücken – zu geschlechtslosen Wesen gemacht?«

»Aber wie kommen Sie darauf? Auf dem Schiff haben sie zwar dieselben Aufgaben und Pflichten wie die Männer auch. Sie sind völlig gleichberechtigt und genießen überhaupt keine Privilegien. Aber sie sind deswegen immer noch Frauen.«

»Das sehe ich. Besonders die, die uns eben besucht hat. Sie ist wirklich außerordentlich hübsch. Ich fürchte, sie hat nicht viel für mich übrig.«

»Unsinn«, entfuhr es Kirk. »Sie bilden sich da etwas ein. Bootsmann Rand kennt nur ihren Dienst.«

Lenore sah zu Boden. »Sie reagieren doch sehr menschlich, Captain. Sie sind Kapitän eines so großen Raumschiffs – und haben doch keine Ahnung von den Frauen. Ich kann ihr wohl keine Vorwürfe machen.«

»Die Natur des Menschen hat sich nicht geändert. Sie ist vielleicht tiefer geworden... umfassender. Aber sie hat sich nicht geändert.«

»Es ist tatsächlich eine Erleichterung zu wissen, daß die Menschen noch Gefühle haben, ihre eigenen kleinen Träume, sich verlieben können..., alles das, und dann diese ungeheure Macht! Wie Caesar und Kleopatra.«

Sie war, während sie sprach, langsam näher an ihn herangetreten. Kirk zögerte noch einen Moment, dann schloß er sie in die Arme. Der Kuß war wie ein warmer Sommerregen – und wollte kein Ende nehmen. Sie löste sich zuerst von ihm – und blickte ihm in die Augen, mit einem merkwürdig gemischten Ausdruck, halb Leidenschaft, halb Spott.

»Ich hätte es mir denken können«, flüsterte sie. »Ich habe noch nie einen Caesar geküßt.«

»War das eine Probe, Miß Karidian?«

»Das war schon eine Vorstellung, Captain.«

Sie küßten sich wieder, voller Leidenschaft, und das Papier in Kirks Brusttasche knitterte und raschelte. Nach einer Weile, die beiden viel zu kurz vorkam, nahm er sie sanft bei den Schultern und schob sie etwas von sich weg – nicht sehr weit weg.

»Hör nicht auf.«

»Das tue ich ja nicht, Lenore. Aber ich sehe mir das besser einmal an, was Spock für so wichtig hielt. Er hatte Anweisung, nicht zu wissen, wo ich mich aufhalte.«

»Ich sehe schon«, sagte sie, und ihre Stimme klang ein wenig gereizt, »die Kapitäne von Sternenschiffen lassen zuerst ein Rundschreiben ergehen, bevor sie eine Frau küssen. Jetzt machen Sie schon. Sehen Sie sich die Nachricht an.«

Er zog den Umschlag aus der Tasche und riß ihn auf. Die Nachricht war kurz und bündig und typisch Spock:

SCHIFFSOFFIZIER DAIKEN VERGIFTET, ZUSTAND ERNST. DR. MCCOY UNTERSUCHT ART DER VERGIFTUNG UND GEGENMITTEL. IHRE ANWESENHEIT ERFORDERLICH. SPOCK.

Lenore sah, wie sich sein Gesicht veränderte. Endlich sagte sie: »Ich sehe, ich habe Sie jetzt verloren. Ich hoffe, nicht für immer.«

»Nein, schwerlich für immer.« Kirk versuchte zu lächeln, aber es mißlang ihm. »Ich hätte das sofort lesen sollen. Entschuldigen Sie mich jetzt bitte. Und gute Nacht, Lady Macbeth.«

Nur Dr. McCoy und Spock waren auf der Krankenstation, als Kirk eintrat. Eine Menge Kabel gingen von dem reglosen schweißbedeckten Körper Daikens zu einem Computer, der offenbar verrückt spielte. Kirk warf einen Blick auf die Anzeigeninstrumente, aber das sagte ihm gar nichts.

»Wird er durchkommen? Was ist geschehen?«

»Jemand hat ihm Tetralubisol in die Milch getan«, sagte McCoy. »Ein ziemlich plumper Versuch, das Zeug ist zwar giftig, aber unlöslich. So konnten wir es leicht herauspumpen. Er ist sehr krank, aber er hat eine reelle Chance. Und das ist mehr, als ich von dir behaupten kann, Jim.«

Kirk sah den Arzt ziemlich böse an und dann auch Spock. Sie kamen ihm vor wie zwei Katzen, die ihre Maus nicht aus den Augen lassen.

»Sehr gut«, sagte er, »ich sehe schon, daß ich hier auf dem Präsentierteller bin. Mr. Spock, warum wollen Sie mit Ihrer Lektion nicht beginnen?«

»Daiken war der vorletzte Augenzeuge des Massakers auf Tarsus«, sagte Spock gleichgültig. »Sie sind der letzte. Dr. McCoy und ich haben auch in der Bibliothek nachgeforscht. Wir nehmen an, Sie machen Miß Karidian deswegen den Hof, weil Sie etwas erfahren wollen, aber der nächste Anschlag wird Ihnen gelten. Sie und Daiken sind nur deshalb die einzigen Überlebenden, weil Sie sich dauernd auf der *Enterprise* befanden. Wenn allerdings Dr. Leighton recht hat, dann ist es gewissermaßen mit Ihrer Immunität aus. Und der Anschlag auf Daiken scheint diesen Verdacht zu bestätigen. Kurz gesagt: Sie haben dem

Tod die Tür geöffnet.«

»Das habe ich schon vorher getan«, sagte Kirk resigniert. »Wenn Karidian Kodos ist, dann will ich dieses Geständnis aus ihm herauspressen. Mehr nicht. Die Gerechtigkeit zu unterstützen gehört nun mal zu meinem Job.«

»Bist du sicher, daß es dabei bleibt?« fragte McCoy.

»Nein, Pille, sicher bin ich überhaupt nicht. Du erinnerst dich, daß ich damals auf Tarsus dabei war, als Mittschiffmann, und ich geriet in diese Revolution hinein. Ich mußte mit ansehen, wie sie Frauen und Kinder in Kammern ohne Ausgang pferchten... und ein halb-wahnsinniger Messias von eigenen Gnaden drückte immer nur auf einen Knopf. Und dann war niemand mehr in den Kammern. Viertausend Menschen tot, vernichtet, verschwunden, und ich stand in der Reihe und wartete, bis ich selbst drankommen sollte... Ich kann es nicht vergessen. Genausowenig wie Leighton. Ich habe mich geirrt, als ich dachte, ich hätte es schon vergessen.«

»Und was ist dann, wenn du sicher bist, daß Karidian Kodos ist? Wirst du sein Haupt triumphierend durch die Korridore tragen? Das macht die Toten nicht wieder lebendig.«

»Natürlich nicht. Aber vielleicht haben sie dann mehr Ruhe.«

»Die Rache ist mein, sprach der Herr«, flüsterte Spock. Die beiden sahen ihn erstaunt an.

Schließlich sagte Kirk: »Das ist wahr, Mr. Spock. Was immer das für einen Außerirdischen wie Sie heißen mag. Aber ich suche nicht die Rache. Ich will Gerechtigkeit – und daß kein weiteres Unheil entsteht. Kodos hat viertausend Menschen getötet; wenn er noch derselbe ist, könnte er es wieder tun. – Aber bedenken Sie folgendes: Karidian ist ein Mensch wie wir, und er hat dieselben Rechte. Und er verdient dieselbe Gerechtigkeit. Und, wenn es überhaupt möglich ist, soll er sich auch von dem Verdacht befreien können.«

»Ich weiß nicht, wer von euch beiden der größere Heuchler ist«, sagte McCoy und blickte von einem zum anderen. »Die mit Menschlichkeit verbrämte Rechenmaschine oder der allmächtige mystische Captain. Von mir aus sollen sie sich alle beide zum Teufel scheren und mich mit meinem Patienten allein lassen.«

»Mit Vergnügen«, sagte Kirk. »Ich werde mich jetzt mit Karidian unterhalten und mich einen Dreck um seine Vorstellungen von einem Interview kümmern. Er könnte natürlich versuchen, mich umzubringen...«

»Also, wenn ich Sie richtig verstanden habe«, sagte Spock, »dann sind Sie überzeugt, daß Karidian Kodos ist.«

Mit einer Geste der Hilflosigkeit hob Kirk die Hände. »Aber natürlich bin ich das, Mr. Spock. Würde ich mich sonst freiwillig so zum Narren machen? Aber ich will es beweisen. Das ist die einzige Definition von Gerechtigkeit, die ich kenne.«

»Ich würde das eher Logik nennen.«

Karidian und seine Tochter waren noch auf, als sie auf Kirks Klopfen antworteten. Es sah sogar aus, als wären sie schon halb für die Vorstellung am nächsten Abend angezogen, die ihre Anwesenheit an Bord der *Enterprise* wenigstens zum Teil erklären sollte. Karidian hatte eine Art Morgenmantel an, der ebensogut Hamlets Umhang oder der Mantel des mörderischen Königs hätte sein können. Was immer es auch war, er sah darin königlich aus, vor allem, als er damit zu einem Sessel mit hoher Rückenlehne schritt und sich darauf niederließ, als wäre es ein Thron.

Lenore war leichter einzuordnen, sie war die Ophelia im Wahnsinn... oder einfach ein neunzehnjähriges Mädchen im Nachtgewand. Karidian bedeutete ihr, sich zurückzuziehen. Sie tat es, blieb aber gespannt neben ihrer Kabinentür stehen.

Karidian sah Kirk mit seinen leuchtenden Augen unverwandt an. »Was wünschen Sie, Captain?«

»Ich möchte eine ehrliche Antwort auf eine ehrliche Frage. Und ich gebe Ihnen mein Versprechen: Es wird Ihnen an Bord dieses Schiffes nichts geschehen, und auch wenn sie es verlassen haben, wird man mit Ihnen gerecht verfahren.«

Karidian nickte nur, als ob er gar nichts anderes erwartet hätte. Er schien sichtlich eingeschüchtert.

»Ich hege einen bestimmten Verdacht gegen Sie, Mr. Karidian. Ich glaube nämlich, daß Sie die größte Vorstellung Ihres Lebens nicht auf der Bühne gegeben haben.«

Karidian lächelte verhalten. »Jeder Mensch spielt in seinem Leben viele Rollen.«

»Mich interessiert nur eine. Sagen Sie mir: Sind Sie Kodos der Henker?«

Karidian sah zu seiner Tochter hinüber, aber er schien sie fast nicht zu sehen, denn seine Augen waren schläfrig zu Schlitzen geschlossen, wie die einer Katze.

»Das ist schon lange her«, sagte er. »Damals war ich ein junger Charakterschauspieler und bereiste alle Kolonien der Erde. – Und wie Sie sehen, tue ich das heute noch.«

»Das ist keine Antwort.«

»Was haben Sie anderes erwartet? Wäre ich Kodos, dann hätte ich das Blut von Tausenden an meinen Händen. Und das sollte ich einem Fremden erzählen, nach zwanzig Jahren Flucht vor einer weitaus besser organisierten Gerechtigkeit? Was auch immer Kodos damals war, ich habe nie gehört, er wäre ein Narr gewesen.«

»Ich habe Ihnen einen Gefallen getan«, sagte Kirk. »Und ich habe Ihnen eine faire Behandlung versprochen. Das ist nicht irgendein Versprechen. Ich bin der Kapitän dieses Schiffes, und alle Gerechtigkeit liegt hier in meinen Händen.«

»Sie erlauben mir, daß ich das etwas anders sehe. Sie stehen hier vor mir, das vollendete Symbol unserer technokratischen Gesellschaft: ein mechanisierter, elektrifizierter, uniformierter Popanz... und weniger ein Mensch. Ich hasse die Maschinen, Captain. Sie haben mit der Menschlichkeit kurzen Prozeß gemacht, dem Streben des Menschen nach Größe, aus eigener Kraft und Verantwortung. Deswegen bleibe ich lieber ein altmodischer Bühnenschauspieler, anstatt mich zu einem Schatten auf einem 3-V-Bildschirm degradieren zu lassen.«

»Der Hebel ist ein einfaches Werkzeug. Und wir haben mittlerweile bessere und auch kompliziertere. Aber trotzdem streben große Männer immer noch nach wahrer Größe – und fühlen sich gar nicht degradiert. Böse Menschen benutzen Werkzeuge zum Töten wie Kodos. Ein Gewehr tötet nicht von selbst. Dazu gehört immer ein Mensch, der damit anlegt.«

»Wer immer auch Kodos in Wirklichkeit war, er hatte die Entscheidung zwischen Tod und Leben zu treffen. Einige mußten sterben, damit andere leben konnten. So ist das Los der Könige – und es ist auch ihr Kreuz. Und vielleicht auch das von Raumschiffkommandanten, oder aus welchem Grund wären Sie sonst hier?«

»Ich kann mich nicht erinnern, jemals viertausend unschuldige Menschen getötet zu haben.«

»Ich auch nicht. Aber ich erinnere mich, daß dadurch das Leben von viertausend anderen gerettet wurde. Hätte ich ein Stück über Kodos zu inszenieren, so wäre das das erste, woran ich denken würde.«

»Es war kein Stück. Ich war dabei, ich habe es mit eigenen Augen gesehen. Und alle Augenzeugen, die dieses ›Stück‹ überlebt haben, sind der Reihe nach ermordet worden. Bis auf zwei... oder möglicherweise drei. Einer meiner Offiziere wurde vergiftet. Und ich könnte der nächste sein. Und hier sitzen Sie, von dem wir bis auf die letzten neun Jahre nichts wissen, bis auf eins: daß Sie der ermordete Dr. Leighton mit Sicherheit erkannt zu haben glaubte. Glauben Sie im Ernst, daß ich so tun könnte, als wäre nichts geschehen?«

»Ich glaube Ihnen – aber das ist die Rolle, die Ihnen zugeteilt ist. Ich habe meine. Und ich habe schon viele gespielt.« Er betrachtete seine ausgemergelten Hände. »Früher oder später wird das Blut dünner, der Körper wird kraftlos und verfällt, und am Ende ist man sogar dankbar, daß auch die Erinnerung nachläßt. Für mich ist das Leben kein kostbarer Schatz mehr, den es zu hüten lohnte, nicht einmal mein eigenes. Der Tod ist für mich eine Erlösung. Ich bin alt und müde, und die Vergangenheit ist ausgelöscht.«

»Ist das Ihre einzige Antwort?«

»Ich fürchte ja, Captain. Haben Sie jemals alles bekommen, was Sie wollten? Nein, das bekommt wohl niemand. Und wenn es bei Ihnen so gewesen wäre, dann würden Sie mir jetzt leid tun.«

Kirk zuckte mit den Schultern und wandte sich zum Gehen. Er sah den Blick, mit dem Lenore ihn anstarrte, aber er konnte nichts für sie tun. Er ging zur Tür hinaus, und sie folgte ihm.

»Sie sind eine Maschine. Und Sie tragen ein großes, blutiges und grausames Mal auf Ihrer Metallhaut. Sie hätten ihm das ersparen können.«

»Wenn er wirklich Kodos ist, dann habe ich ihm schon mehr Gnade gezeigt, als er verdiente. – Wenn er es nicht ist, dann setzen wir euch auf Eta Benecia ab, und kein Haar wird euch gekrümmt werden.«

»Wer sind Sie eigentlich«, sagte Lenore mit einem gefährlichen Unterton in der Stimme, »daß Sie so genau wissen, ob uns ein Leid geschehen wird oder nicht?«

»Wer sollte ich denn sein?«

Sie wollte gerade antworten, und das Feuer in ihren Augen gewann bedrohlich an Intensität, als die Tür aufging und Karidian herauskam. Es war nicht mehr der große, imposante Karidian von vorhin. Ihr Gesicht war jetzt naß von Tränen. Sie lief zu ihm und vergrub ihr Gesicht an seiner Schulter.

»Vater... Vater...«

»Nimm es dir nicht so zu Herzen, Kind. Es ist schon alles vorüber. Ich bin deines Vaters Geist: Verdammt, auf eine Zeitlang nachts zu wandern...«

»Husch!«

Kirk kam sich plötzlich wie ein schreckliches Monster vor. Er wandte sich um, und ließ die beiden stehen.

Für die Vorstellung wurde der Versammlungsraum der *Enterprise* zu einem kleinen Theater umgebaut. An verschiedenen Stellen wurden Kameras montiert, so daß auch die diensthabende Mannschaft die Vorstellung am Bildschirm verfolgen konnte. Der Zuschauerraum war schon dunkel, als Kirk kam – zu spät, wie immer bei solchen Anlässen. Als Captain hatte er seinen Platz natürlich in der ersten Reihe, und er war gerade dabei, es sich bequem zu machen, als sich schon der Vorhang öffnete und Lenore an die Rampe trat. Sie trug das weiche fließende Opheliakostüm, und ihr Gesicht sah aus, als hätte sie sich mit Kreide geschminkt.

Sie sprach mit heller, fast fröhlicher Stimme: »Heute abend führt das Karidian-Theater ›Hamlet‹ auf, ein Stück aus einer Reihe berühmter Dramen, die wir im Original im Weltraum zur Aufführung bringen. Alle diese Aufführungen sind dem Andenken und der Pflege des klassischen Schauspiels gewidmet, von dem wir hoffen, daß es niemals aussterben wird. ›Hamlet‹ ist ein Stück über die Gewalt in einer gewalttätigen Zeit, als das Leben nichts war, und der Ehrgeiz und die Macht alles. Es ist aber auch ein zeitloses Stück über die Schuld des einzelnen, seine Zweifel, seine Unentschiedenheit und dem schmalen

Grat zwischen Rache und Gerechtigkeit.«

Sie verschwand wieder hinter dem Vorhang und ließ Kirk vor Zorn kochend in seinem Sessel zurück. Den ›Hamlet‹ brauchte sie hier niemandem zu interpretieren; das hatte einzig und allein ihm gegolten. Diesen Wink hätte es nicht gebraucht, aber er hatte ihn verstanden.

Der Vorhang öffnete sich wieder, und die großartigen, ergreifenden Eingangsverse erklangen. Kirk hörte allerdings fast nichts davon, weil sich McCoy ausgerechnet diesen Zeitpunkt ausgesucht hatte, den Zuschauerraum zu betreten und ziemlich umständlich neben Kirk Platz zu nehmen.

»So, da wären wir ja, da wären wir ja«, murmelte er. »Ich glaube, Jim, in der ganzen langen Geschichte der Medizin hat noch kein Arzt ein Stück vom ersten bis zum letzten Vorhang mitgekriegt.«

»Sei still«, zischte Kirk, »du hast schon genug Wirbel gemacht.«

»Schon gut. Es hat mir auch niemand gesagt, daß ich in der letzten Minute noch einen Patienten verlieren sollte.«

»Jemand tot?«

»Nein, nein. Leutnant Daiken hat sich aus der Krankenstation verdrückt, das ist alles. Ich nehme an, er will sich auch das Stück ansehen.«

»Aber es wird doch auch in die Station übertragen!«

»Das weiß ich. Willst du jetzt still sein. Wie kann ich etwas verstehen, wenn du hier dauernd in deinen Bart murmelst.«

Leise fluchend stand Kirk auf und ging hinaus. Sobald er auf dem Korridor war, ging er zur nächsten Sprechstelle und ordnete eine allgemeine Suche an. Es stellte sich aber heraus, daß McCoy das schon veranlaßt hatte.

Eine Routineuntersuchung war vielleicht zu wenig. Daikens ganze Familie war auf Tarsus vernichtet worden..., und ihn selbst hatte man hier ermorden wollen. Er durfte nicht das geringste außer acht lassen. Das Spiel lief, und nicht nur Karidian, das ganze Schiff war einem möglichen Ausbruch von Leidenschaft – oder Rache – ausgeliefert.

»Sicherheitsalarm Rot«, befahl er. »Jeder Zoll des Schiffs wird abgesucht, auch die Fracht.«

Nachdem er sich nochmals überzeugt hatte, daß auch alles Nötige geschah, ging er wieder ins Theater zurück. Er war zwar noch lange nicht beruhigt, aber im Moment konnte er nicht mehr tun.

An seine Ohren drang dumpfer Trommelschlag. Die Bühne war fast dunkel. Die Dekoration lag wie hinter einem roten Schleier. Marcellus und Horatio gingen gerade ab. In einem roten Lichtkegel tauchte die Gestalt des Geistes auf. Er hob den Arm und winkte Hamlet zu sich, doch Hamlet weigerte sich, ihm zu folgen. Der Geist – Karidian – winkte wieder, und das Trommeln wurde lauter.

Kirk dachte an nichts anderes, als daß Karidian hier ein prächtiges Ziel abgab. Er sah sich unauffällig im Zuschauerraum um, aber alles starrte hingerissen auf die Bühne, keine verdächtige Bewegung, auch auf der Hinterbühne nicht.

»Sprich«, sagte Hamlet, »nicht weiter will ich gehen.«

»Hör an«, sagte Karidian mit dumpfer Stimme.

»Ich will's.«

»Schon naht sich meine Stunde, wo ich den schweflichen qualvollen Flammen mich übergeben muß...«

Und da war Daiken. Zusammengekauert hockte er hinter einer Falte des Vorhangs und richtete den Handphaser auf Karidian. »...zu rächen auch...«

»Daiken!« Kirk konnte nicht anders; er mußte über die ganze Bühne rufen. Der Dialog geriet ins Stocken.

»Ich bin deines Vaters Geist: Verdammt, auf eine Zeitlang nachts zu wandern...«

»Er hat meinen Vater ermordet – und meine Mutter.«

»...und tags gebannt zu fasten in der Flucht, bis die Verbrechen meiner Zeitlichkeit...«

»Gehen Sie zurück in die Krankenstation!«

»Ich weiß es, ich hab's gesehen. Er hat sie ermordet!«

»...hinweggeläutert sind.«

Die Zuschauer wurden allmählich unruhig; sie konnten jedes Wort verstehen. Und Karidian auch. Er blickte in die Richtung, wo er Daiken vermutete, aber das Licht war dort zu schlecht, und ein Scheinwerfer blendete ihn noch dazu. Mit brüchiger Stimme versuchte er weiterzusprechen.

»So hob ich eine Kunde an, von der das kleinste Wort...«

»Sie könnten sich irren, Daiken. Werfen Sie Ihr Leben nicht so sinnlos fort.«

»...die Seele dir zermalmte, dein junges Blut erstarrte...«

»Daiken, geben Sie mir die Waffe.«

»Nein!«

Einige Zuschauer waren aufgestanden. Kirk sah, wie sich ein paar Wachen Daiken vorsichtig von der Seite zu nähern versuchten. Sie würden es nicht mehr rechtzeitig schaffen. Daiken hatte den Finger am Abzug.

Da zerriß mit einem Kreischen der hintere Bildprospekt, und Lenore stand auf der Bühne. Ihre Augen glänzten wie im Fieber; in der Hand hielt sie einen langen Dolch.

»Es ist vorbei!« rief sie mit wilder, theatralischer Stimme.

»Vater, ich bin stark! Kommt, Geister, die ihr
lauscht... entweibt mich hier! – Eil hierher,
daß ich meinen Mut ins Ohr dir gieße...«

»Kind, mein Kind!«

Sie konnte ihn nicht hören. Sie war die wahnsinnige, die rasende Ophelia, aber ihre Worte waren die der Lady Macbeth.

»Alle Geister sind tot. Wer hätt' gedacht, daß soviel Blut in ihnen war? Ich habe dich befreit, Vater ich habe das Blut von deinen Händen gewaschen. Glich er nicht meinem Vater als er schlief, ich hatte es getan...«

»Nein!« rief Karidian, und seine Stimme schwankte vor Entsetzen. »Du hast mir nichts gelassen. Das, was ich tat, konnte dich nicht berühren. Du warst noch nicht einmal geboren. Ich wollte dir eine freie...«

»Balsam! Ich habe dir alles gegeben! Du bist in Sicherheit, niemand kann dir etwas tun! Schau, dort ist Banquo, und dort Caesar, und selbst er nicht! Dies Schloß hat eine angenehme Lage.«

Kirk kletterte auf die Bühne. Aus den Augenwinkeln beobachtete er, wie die Wachen näher kamen. Daiken war von der Tragödie, die sich vor seinen Augen abspielte, ganz in Bann geschlagen, aber der Phaser zeigte unverändert auf Karidian.

»Genug jetzt«, sagte Kirk. »Kommt mit, alle beide.«

Beschwörend streckte ihm Karidian seine Hände entgegen.

»Captain, versuchen Sie doch, zu verstehen. Ich war Soldat mit einem großen Auftrag. Es mußten Entscheidungen getroffen werden, einsame, harte, auch schreckliche. Sie wissen um welchen Preis; auch Sie sind ein Captain.«

»Hör auf, Vater«, sagte Lenore mit ganz normaler Stimme.

»Es gibt nichts zu erklären.«

»O doch, es gibt. Mord. Flucht. Selbstmord. Wahnsinn. Und immer noch ist der Preis nicht hoch genug; auch meine Tochter mußte töten.«

»Für dich! Nur für dich! Ich habe dich gerettet!«

»Für den Preis von sieben unschuldigen Männern«, sagte Kirk.

»Unschuldig?« Lenore stieß ein entsetzliches Lachen aus. Es klang wie die Wahnsinnskoloratur der Medea. »Unschuldig!«

»Sie haben es gesehen! Sie waren schuldig!«

»Es reicht, Lenore, das Spiel ist aus. Es war schon vor zwanzig Jahren aus. Kommst du jetzt mit mir oder muß ich dich wegschleppen?«

»Sie gehen besser«, sagte Daiken. Er war aufgestanden und ins Scheinwerferlicht getreten. Den Phaser hielt er immer noch erhoben. »Ich wollte Ihnen diese Chance nicht geben, aber wir haben jetzt genug Wahnsinn erlebt. Danke, Captain.«

Lenore wirbelte zu ihm herum. – Mit einer Bewegung, schneller als der Blitz, hatte sie ihm die Waffe aus der Hand gerissen.

»Zurück! Alle zurück! Das Spiel geht weiter!«

»Nein!« schrie Karidian heiser. »Im Namen Gottes, Kind...!«

»Captain Caesar! Sie hätten Ägypten haben können. Hüten Sie sich vor den Iden des März!«

Sie richtete die Pistole auf Kirk und drückte ab. Aber so schnell sie auch in ihrem Wahnsinn gewesen sein mochte, Karidian war noch schneller. Der Strahl traf ihn voll in die Brust. Lautlos stürzte er zu Boden.

Mit einem Wimmern ließ sich Lenore neben ihrem Vater auf die Knie fallen. Die Wachen wollten auf die Bühne stürmen, doch Kirk winkte ihnen, unten zu bleiben.

»Vater!« Sie sprach jetzt in einem seltsamen, hohen, singenden Tonfall.

»O stolzer Tod, welch Fest geht vor in deiner ew'gen
Zelle, daß du auf einen Schlag so viele Fürsten so

blutig trafst.« Sie lachte. »Dein Einsatz, Vater,
dein Einsatz! Keine Zeit zum Schlafen! Das Spiel!
Das Schauspiel sei die Schlinge, in die der König sein
Gewissen bringe...«

Sanfte Hände zogen sie von dem Leichnam weg. McCoys Stimme drang an Kirks Ohr: »Im Endeffekt hat sie nicht einmal die Zeilen in der richtigen Reihenfolge gesprochen.«

»Nehmt sie in Gewahrsam«, sagte Kirk tonlos. »Kodos ist tot..., aber sie könnte im Schlaf spazierengehen.«

Nachwort

Der Weltraum ... Unendliche Weiten ... Wir schreiben das Jahr 2200. Dies sind die Abenteuer des Raumschiffs ENTERPRISE, das mit seiner 400 Mann starken Besatzung fünf Jahre lang unterwegs ist, um neue Welten zu erforschen, neues Leben und neue Zivilisationen. Viele Lichtjahre von der Erde entfernt dringt die ENTERPRISE in Galaxien vor, die kein Mensch zuvor gesehen hat ...

Mit diesen Worten starteten nach einer kurzen Einleitung die Folgen einer Fernsehserie, die TV-Geschichte geschrieben und die Entwicklung des Genres in diesem Medium maßgeblich beeinflußt hat: STAR TREK. Auch heute noch, mehr als dreißig Jahre nach ihrer Premiere auf dem Bildschirm, verfolgen weltweit Hunderttausende die Abenteuer von Captain Kirk und seiner Crew in den Tiefen des Alls, und zahllos waren die Versuche, sich an ihren Erfolg anzuhängen oder sie zu kopieren. Dabei hatte es ursprünglich gar nicht so rosig ausgesehen, denn zu Beginn hatte die Serie mit Zuschauerzahlen zu kämpfen, die den Fernsehbossen nicht hoch genug waren, und mit extrem niedrig angesetzten Produktionsbudgets.

Die Idee zu dieser revolutionären SF-Serie stammte von Gene Roddenberry, einem talentierten Schriftsteller mit einem Background als Flugpilot, der auch über eine Ausbildung als Flugingenieur verfügte. Roddenberry, der selbst ein begeisterter SF-Leser war, fand alles, was bis Mitte der sechziger Jahre im Fernsehen und im Kino an SF-Streifen und -Serien erschienen war, unbefriedigend, und er war der festen Überzeugung, daß man es besser machen könnte – mit mehr Begeisterung, glaubhafteren Schauspielern und ideenreicheren Drehbüchern, verpackt in einer optimistischen Zukunftsvision. So entwickelte er die Grundidee der Serie und nach und nach auch die Haupthandlungsträger, die mittlerweile zu festen Einrichtungen der populären Kultur geworden sind: den Kommandanten der ENTERPRISE, Captain James T. Kirk; den Halbvulkanier Mr. Spock, Erster Offizier und Wissenschaftsoffizier; Doktor Leonard McCoy, Spitzname »Pille«; den weiblichen, schwarzen Nachrichtenoffizier, Leutnant Uhura; Chefingenieur Montgomery Scott, genannt »Scotty«; den Steuermann und Waffenoffizier Sulu; und schließlich noch den Navigator Pavel Chekov – sie bildeten die Stammannschaft, die in nahezu jedem Abenteuer mit von der Partie ist. Mit dem Script für einen Pilotfilm, bei dem von diesen Charakteren nur Spock bereits vertreten war, machte sich Roddenberry in Hollywood auf die Suche nach einem Produzenten, und nach mehreren Mißerfolgen fand er diesen schließlich in Desilu Productions Inc., die 1968 von Paramount Pictures Corporation aufgekauft wurde und für NBC arbeitete.

Die als Pilotfilm geplante Episode »The Cage« wurde jedoch nicht in der ursprünglichen Form ausgestrahlt, da NBC sie nicht als zufriedenstellend ansah. Der Großteil des Materials wurde als Rückblick innerhalb der Episode »The Menagerie« verwendet, dem einzigen Zweiteiler der Serie. Doch sie erkannten das Potential der Serie, deshalb wurde Roddenberry, was einmalig in diesem Medium ist, mit einem zweiten Pilotfilm beauftragt, der schließlich die Zustimmung der Geldgeber fand und die Realisierung von Roddenberrys Idee ermöglichte. So wurde am 8. September 1966 die erste Folge von STAR TREK ausgestrahlt, »The Man Trap«, der weitere 77 Abenteuer der Crew des Raumschiffs ENTERPRISE folgten (wenn man die Doppelfolge als ein Abenteuer zählt). Als NBC nach zwei Staffeln (Episoden 1 bis 55) die Einstellung der Serie beschloß, erhob sich ein Proteststurm der Zuschauer, der die Verantwortlichen des Senders zur Revision ihrer Entscheidung bewog. Doch mit dem Ende der 3. Staffel kam das endgültige Aus, und auch eine neuerliche Briefkampagne konnte daran nichts mehr ändern.

STAR TREK hatte schon, als es von NBC ausgestrahlt wurde, eine treue Fangemeinde um sich geschart. Der eigentliche große Erfolg stellte sich aber erst ein, als die Serie von mehreren

Fernsehsendern gleichzeitig und in z. T. täglichem Rhythmus ausgestrahlt wurde. In den USA waren das rund 250 Sender, die für eine ungeheure Popularität von STAR TREK sorgten. Eine Popularität, die bis heute ungebrochen ist, denn STAR TREK ist seither konstant auf dem Bildschirm vertreten. Darüber hinaus wurde STAR TREK in mehr als 50 Länder verkauft, darunter auch nach Deutschland, wo sie unter dem Titel RAUMSCHIFF ENTERPRISE lief. Allerdings wurden ursprünglich vom ZDF nur 39 Folgen gekauft und von 1972 bis 1974 gesendet, also ziemlich genau die Hälfte des existierenden Materials, zudem noch gekürzt und zum Teil massiv bearbeitet. Mitte der achtziger Jahren erwarb dann der Privatsender SAT 1 die Rechte an der Serie, synchronisierte weitere 39 Folgen, also alle mit Ausnahme der Nazi-Folge »Patterns of Force«, und strahlte sie 1987/88 erstmals aus. Und Anfang der neunziger Jahre wurden die ersten 39 Folgen restauriert und in teilweiser Neusynchronisation ausgestrahlt. Die zwei am exzessivsten bearbeiteten Folgen – von 48 Minuten Laufzeit auf 39 unter teilweisem Eingriff in die Handlung – »Weltraumfieber« und »Metamorphose« – kann man seit kurzem, wie auch »Muster der Gewalt«, komplett und neu synchronisiert auf Kaufkassette erleben, erstere als »Pon Farr«, so daß es auch dem deutschen Fan jetzt möglich ist, sich diese Klassiker in ihren ursprünglichen Versionen anzusehen.

Mit ein Grund für den überwältigenden Erfolg von RAUMSCHIFF ENTERPRISE – zu den 78 bzw. 79 Folgen gesellten sich noch 22 Zeichentrickfolgen und 7 Kinofilme mit Kirk und Co. – war zweifellos, daß eine große Anzahl bekannter und versierter SF-Autoren zur Mitarbeit gewonnen werden konnte. Dazu gehörten u. a. Richard Matheson, Jerry Sohl, Harlan Ellison, Theodore Sturgeon, Robert Bloch, Dorothy Fontana, Max Ehrlich, Norman Spinrad, Gene L. Coon, Jerome Bixby, David Gerrold und Gene Roddenberry selbst. Zwei dieser Drehbücher wurden mit dem HUGO AWARD ausgezeichnet: »The Menagerie« von Gene Roddenberry (HUGO 1967) und »City on the Edge of Forever« (HUGO 1968); letzteres wurde auch von den Fernsehautoren zum besten Drehbuch des Jahres gewählt.

Bantam Books erwarb die Rechte an den Adaptionen zur Serie und verpflichtete James Blish dafür. Der britische SF-Autor, Jahrgang 1921, der bis zu diesem Zeitpunkt 27 Romane und Kurzgeschichtensammlungen veröffentlicht hatte, faßte immer mehrere Episoden zu einem Taschenbuch zusammen. Als Vorlage dienten ihm dabei die Drehbücher, die er gelegentlich leicht für dieses Medium bearbeitete. Die erste Sammlung mit sieben Folgen erschien im Januar 1967 und legte den Grundstein für einen überwältigenden Erfolg von STAR TREK auch in diesem Medium – sie erreichte bislang mehr als dreißig Auflagen. Bis zum April 1975 folgten zehn weitere Sammlungen, und das Ende schien greifbar nahe. Doch Blish war es nicht vergönnt, seine Arbeit an STAR TREK vollenden zu können, denn kurz nach dem Erscheinen von STAR TREK 11, mitten in der Arbeit am 12. Band, starb er an Lungenkrebs. Die Auftraggeber waren einverstanden, daß Blishs langjährige Mitarbeiterin und spätere Ehefrau J. A. Lawrence zwei Episoden für diesen Band selbst schrieb und die beiden letzten noch fehlenden um den sympathischen Gauner Harry Mudd mit einem neuen dritten Abenteuer zum Episodenroman »Mudd's Angels« ausbaute, womit dann die Adaption der TV-Serie abgeschlossen war. Die Zeichentrickfolgen wurden ebenfalls adaptiert, und zwar von Alan Dean Foster für Ballantine Books, in den Bänden STAR TREK LOG 1 bis 10.

Mitte der achtziger Jahre erwarb der Goldmann Verlag die Rechte an den bei Bantam Books erschienenen Adaptionen der TV-Serie als auch den dort veröffentlichten neuen Romanen zur Serie und publizierte sie ab Dezember 1985 unter dem Serientitel DIE ORIGINAL-ABENTEUER VON RAUMSCHIFF ENTERPRISE in 28 Bänden. Für diese erste deutschsprachige Gesamtausgabe wurden frühere, bei Williams und Pabel herausgebrachte, teilweise gekürzte Ausgaben sorgfältig bearbeitet und der Diktion der deutschen TV-Folgen angepaßt. Wo es erforderlich war, wurde auch eine neue Übersetzung in Auftrag gegeben. Aus rechtlichen Gründen war es aber leider nicht möglich, die TV-Adaptionen in der Reihenfolge ihrer Ausstrahlungen zu veröffentlichen, was ursprünglich ins Auge gefaßt worden war und seinen

Niederschlag auch bei den Titeln der ersten Bände gefunden hatte. Deshalb wurde, um es dem interessierten Leser zu ermöglichen, den Erzählungen und Folgen ihren Platz in der Chronologie auf einfache Weise zuzuordnen, im Inhaltsverzeichnis sowohl der deutsche TV-Titel als auch die Episodennummer angegeben. Denn so werden nicht nur verschiedene interne Zusammenhänge deutlich, es kommt auch die Entwicklung der Protagonisten viel stärker zum Ausdruck. Nachdem einige Bände schon nicht mehr erhältlich waren, die Nachfrage nach ihnen aber beständig anhielt, hat sich der Goldmann Verlag dazu entschlossen, die ORIGINAL-ABENTEUER VON RAUMSCHIFF ENTERPRISE nochmals in neuer Aufmachung aufzulegen und somit einer neuen Lesergeneration zugänglich zu machen.

In den letzten Jahren hat die von Roddenberry geschaffene Zukunftsvision etliche Fortsetzungen und Ableger erhalten. Die rund achtzig Jahre nach der ursprünglichen STAR-TREK-Serie – jetzt liebevoll CLASSIC STAR TREK genannt – spielende STAR TREK – THE NEXT GENERATION, in der Captain Jean-Luc Picard und seine exzellent zusammengesetzte Crew sich aufmachen, neue Welten zu entdecken, hat neue Maßstäbe gesetzt und ist nun nach 178 Folgen und einem fulminanten Kinofilm dabei, auch die Breitleinwand zu erobern. Und während Captain Sisko versucht, von der stationären Raumstation DEEP SPACE NINE aus das unbekannte Gebiet jenseits des Wurmlochs im Gamma-Quadranten zu erforschen und Bedrohungen für die Föderation aus diesem Bereich abzuwehren, befindet sich das RAUMSCHIFF VOYAGER unter dem Kommando von Captain Kathryn Janeway, das von einer geheimnisvollen Macht in den Delta-Quadranten entführt wurde, auf dem langen und gefahrvollen Weg zurück in den Alpha-Quadranten. Gewiß, diese neuen Serien sind von der Tricktechnik her ausgereifter als die Originalserie und nutzen alle Möglichkeiten der modernen Fernsehtechnik gekonnt aus, sie spiegeln auch den heutigen Zeitgeist besser wider. Trotzdem schafft es die klassische Crew spielend, mit ihren jüngeren Ablegern mitzuhalten. Sie versprüht nach wie vor einen unvergleichlichen Charme, der gerne darüber hinwegsehen läßt, daß nicht alles so perfekt dargestellt ist wie in den neuen STAR-TREK-Serien. Deshalb gilt auch heute noch, und zwar mehr als je zuvor, der alte Schlachtruf der Trekkies: STAR TREK LIVES!, mit dem die Fans vehement eine Forsetzung der Serie forderten und diese auch in Form von sieben abendfüllenden Spielfilmen und mittlerweile drei neuen Serien erhielten. STAR TREK LEBT! Das beweisen nicht nur die steten Neuausstrahlungen der Fernsehepisoden in aller Welt, die Massencons der STAR-TREK-Fans auch in deutschen Landen, die zahllosen Publikationen um und über diese Serie, die neuen Romane und Comics, die Monat für Monat neu die Regale füllen. Dieser SF-Mythos, besonders der CLASSIC-Serie, wird weiterleben, solange es Fernsehzuschauer, Kinobesucher und nicht zuletzt Leser gibt, die Spaß an abenteuerlicher und unterhaltender Science-fiction haben, wie sie die ORIGINAL-ABENTEUER VON RAUMSCHIFF ENTERPRISE geboten haben und jetzt wieder bieten.

Hermann Urbanek